W0365686

ro
ro
ro

Hans Joachim Schädlich, 1935 in Reichenbach im Vogtland geboren, arbeitete an der Akademie der Wissenschaften in Ost-Berlin, bevor er 1977 in die Bundesrepublik übersiedelte. Für sein Werk bekam er viele Auszeichnungen, u. a. den Heinrich-Böll-Preis, Hans-Sahl-Preis, Kleist-Preis, Schiller-Gedächtnispreis, Lessing-Preis, Bremer Literaturpreis, Berliner Literaturpreis und Joseph-Breitbach-Preis. 2014 erhielt er für seine schriftstellerische Leistung und sein politisches Engagement das Bundesverdienstkreuz. Hans Joachim Schädlich lebt in Berlin.

«Hans Joachim Schädlich ist der Virtuose der sprechenden Dinglichkeit. Er erzählt nicht, er benennt.» *(Die Welt)*

«Man ahnt: Das ist wirklich erlebt, einer von diesen Jungen könnte der Autor gewesen sein. (...) Junge Menschen sollten es lesen, am besten schon in der Schule.» *(RBB Radio)*

«Schädlich schildert den Alltag von Krieg und Nachkrieg im typischen Stil seiner grandiosen späten Bücher: szenisch, spröd, präzis. (...) In seiner so austarierten wie existenziell dringlichen Prosa zeigt er sich als Meister der Andeutung und Aussparung.» *(NZZ am Sonntag)*

«In Hans Joachim Schädlichs Prosa (...) wird das 20. Jahrhundert entschlüsselt.» *(Süddeutsche Zeitung)*

Hans Joachim Schädlich

Die Villa

Rowohlt Taschenbuch Verlag

Veröffentlicht im Rowohlt Taschenbuch Verlag,
Hamburg, April 2023
Copyright © 2020 by Rowohlt Verlag GmbH, Hamburg
Covergestaltung any.way, Walter Hellmann
Satz aus der Figural bei Pinkuin Satz und Datentechnik, Berlin
Druck und Bindung GGP Media GmbH, Pößneck
ISBN 978-3-499-01194-8

Die Rowohlt Verlage haben sich zu einer nachhaltigen Buchproduktion verpflichtet. Gemeinsam mit unseren Partnern und Lieferanten setzen wir uns für eine klimaneutrale Buchproduktion ein, die den Erwerb von Klimazertifikaten zur Kompensation des CO_2-Ausstoßes einschließt.
www.klimaneutralerverlag.de

FSC www.fsc.org
MIX
Papier | Fördert gute Waldnutzung
FSC® C014496

Krista Maria Schädlich gewidmet

Prolog

Das zweiflügelige hohe Parktor. Schmiedeeisern, alle Stäbe mit Zierspitze, Typ Lanze. Halbhohe Zwischenstäbe. Der Parkzaun zu beiden Seiten des Tores in gleicher Art.

Die leicht geschwungene Auffahrt, vorbei am großen Springbrunnen, zum Haupteingang auf der Westseite.

Fünf Stufen zur massiven eichenen Außentür. Links und rechts der Treppe zweiflammige, drei Meter hohe Kandelaber.

Säulen tragen das Vordach über dem Eingang.

Der Windfang geräumig. Gefliester Fußboden. Ein Messing-Schirmständer.

Die Tür in die Treppenhalle. Ein erster großer Raum. Der Platz der Garderobe. Ein Bleiglasfenster. Die raumbreite dreistufige Treppe in die Haupthalle, Hochparterre.

Die Räume im Hochparterre – der Salon, das Herrenzimmer, das Speisezimmer, der Wintergarten – untereinander verbunden und, mit Ausnahme des Wintergartens, von der Diele her zugänglich. Die Küche mit einer Tür in den Wintergarten, von dem eine türbreite zwölfstufige Treppe in den Park auf der Südseite führt.

In der Diele die Türen zur Toilette, zu Abstellräumen und zur Kellertreppe.

Die Diele und die Wohnräume mit Parkettböden, Küche und Wintergarten gefliest.

Die Decken des Salons, des Herrenzimmers und des Speisezimmers stuckverziert.

Die Treppenhalle zwei Geschosse hoch. Der Treppenlauf ins Obergeschoß zu einem Zwischenpodest auf mittlerer Höhe.

Über dem Podest ein hohes Bleiglasfenster. Vom Podest die Treppe in gegenläufiger Richtung. Das Treppengeländer: schmiedeeiserne Rankenornamente.

Im Obergeschoß: der Salon als Vorzimmer des Büros, das Büro, das erste Kinderzimmer, das große Schlafzimmer mit einem geräumigen Einbau-Kleiderschrank und Waschtisch, das zweite Kinderzimmer mit einem runden Turmgelaß. Über dem Gelaß ein runder Bodenraum.

Auf der Vorderseite der Villa der Turm, von Säulen getragen, die das Fenster des darunterliegenden Salons einrahmen. Ein spitzes Dach krönt den Turm, überragt das Flachdach der Villa.

Der Salon mit dem Büro verbunden, das erste Kinderzimmer mit dem großen Schlafzimmer. Alle Räume – wie im Hochparterre – von der Diele her zugänglich.

Die Diele und alle Räume parkettiert, die Decken stuckverziert.

Im Dachgeschoß ein Turmzimmer mit Alkoven und Einbauschränken, das große Fenster zur Nordseite. Zwei kleine Fenster nach Westen und Osten.

Außer dem Turmzimmer das Badezimmer, die Toilette und mehrere einfache Bodenkammern mit kleinen überdachten Fenstern. Im Dachgeschoß Dielenböden.

Im Souterrain der Villa eine geräumige Zweizimmerwohnung und der Heizungskeller, der Kokskeller, der Kartoffelkeller und weitere Vorratsräume. Die Fenster aller Kellerräume mit Schmuckgittern.

Das Souterrain mit einem separaten Eingang auf der Ostseite.

Die Villa von einem breiten Rundweg umschlossen. Zwischen Haus und Wegesrand weißer Rhododendron auf der Nordseite, Rosen auf der Südseite.

Der südliche Teil des Parks eine Phantasielandschaft. Auf eingefaßten Wegen unter hohen Bäumen durch ein Labyrinth von Blumenrabatten, Steingärten, Farnen. Eine geschwungene Eisenbrücke mit Schmuckgeländer überspannt zwischen zwei Felsblöcken eine breite Vertiefung, die ein Flußbett vorstellen soll.

In der nordöstlichen Ecke des Parks eine Garage. Die Zufahrt eine Abzweigung des Rundweges.

Neben der Garage ein Hundezwinger, vor dem Zwinger eine Hundehütte.

In einigem Abstand Kaninchenställe. Eine Teppichstange.

Die Villa ein Gründerzeitbau, 1890 errichtet.

«Ich wollte keine Kinder», sagte Elisabeth Kramer. «Ich wollte nicht heiraten. Ich wollte nach der Volksschule in Oberheinsdorf was Soziales lernen und wollte in die Welt. Aber mein Vater hat nur die Jungs was lernen lassen, die gar keine Lust dazu hatten.

‹Die Töchter heiraten sowieso›, hat er gesagt. ‹Wozu also.›

Er hat mich nach der Volksschule, da war ich fünfzehn, bloß auf die Handelsschule in Reichenbach geschickt. Buchhaltung, Steno, Maschineschreiben. Von Sechsundzwanzig bis Achtundzwanzig. Danach hab ich in seinem Kontor gearbeitet.

Aber das Kaufmännische hat mich nicht interessiert.

Dann kam der Hans und hat mich mit 'nem Kind belegt. Ich wollte gar nicht mit ihm schlafen. Ich hatte auch nichts davon. Zum ersten Mal mit 'nem Mann geschlafen und schon 'n Kind.

Am sechsundzwanzigsten April Einunddreißig haben wir in Oberheinsdorf geheiratet. Ich hab keine Erinnerung an meine Hochzeit. Ich weiß bloß, daß ich den ganzen Tag geweint hab. Ich war unglücklich, weil ich heiraten mußte. Im September ist der Georg auf die Welt gekommen.

Da war die Gerda, die Schwester vom Hans, schlauer. Die war auf der SS-Bräuteschule. Die haben sie aufgeklärt. Die mußte nicht heiraten.

Hans hab ich Neujahr Neunzehndreißig in Schöneck kennengelernt. Im Oktober Dreißig haben wir uns verlobt.

Ich war achtzehn, er dreiundzwanzig. Hans hat mir ein schönes Foto geschenkt, das hab ich zu Hause stolz vorgezeigt.

Mein ältester Bruder, der Alfred, hat gesagt:

‹Dein Freund ist doch 'n kleiner Itzig.›

Ich hab gesagt:

‹Was ist denn das.›

‹Na, ein Jude›, hat er gesagt.»

Paul Ruttig, der Vater von Elisabeth Kramer, stammte aus armen Verhältnissen; sein Vater war Handweber.

Paul Ruttig, geboren am 13. Februar 1873 in Schöneck/Vogtland, wollte es zu etwas bringen. Er war ehrgeizig und fleißig.

Seine Frau, Elise Martha Wenzel, geboren am 3. März 1874 in Schöneck/Vogtland, kam aus einer Kantorenfamilie.

Paul Ruttig und Elise Martha Wenzel heirateten 1894.

Bis 1903 wohnte das Ehepaar mit vier Kindern zur Miete in Hauptmannsgrün.

1903 baute Paul Ruttig in Oberheinsdorf ein Haus. Ein unterkellerter, geräumiger Backsteinbau. Im Hochparterre die Diele, Vorsaal genannt. Von der Diele die Treppe ins Obergeschoß und die Treppe in den Keller. Nach der Diele der Flur. Drei große Zimmer: das Kontor, die gute Stube, die nur bei besonderen Gelegenheiten betreten wurde, das Wohnzimmer. Die Wohnküche, der sich ein Vorratsraum anschloß; er wurde Käfterle genannt. Im Obergeschoß vier Zimmer, eines das Schlafzimmer von Paul und Martha, und ein Bad mit einem kupfernen Badeofen und einer freistehenden Wanne.

Hinter dem Haus, am Rand einer Wiese, der Raumbach. Der Gemüsegarten auf der Westseite des Hauses.

Paul und Elise Martha Ruttig bekamen elf Kinder.

Elisabeth war das zehnte Kind.

Paul Ruttig arbeitete in der Verwaltung der Deutschen Wollentfettung AG. 1898 war sie in Oberheinsdorf gegründet worden, zu der seit 1902 vom Bahnhof Oberheinsdorf ein Gleis auf den ‹Fabrikberg› führte.

Die Wollentfettung bereitete Rohwolle für die Verarbeitung in Spinnereien auf. Das Wasser für die Wollentfettung bezog der Betrieb aus einem nahegelegenen großen Teich, der von einem ständigen Zufluß gespeist wurde.

Paul Ruttig wußte, woher die Rohwolle kam, und er wußte, wohin die aufbereitete Rohwolle ging.

Hier entwickelte er seine Geschäftsidee. Er gründete eine Firma für den Großhandel mit Rohwolle und betrieb sie in seinem eigenen Haus in Oberheinsdorf.

Die Rohwolle kaufte er in verschiedenen Ländern nach der Prüfung von Wollmustern, die er anforderte, dann ließ er die Wolle in Deutschland waschen und verkaufte sie an Spinnereien, auch in Reichenbach.

Für seine Handelstätigkeit mußte Paul Ruttig nicht reisen. Er konnte alles durch eine ausgedehnte Korrespondenz mit Lieferanten und Käufern bewältigen.

Die Firma florierte. In seinem Kontor stapelten sich im Wandregal die Wollkörbe mit den Wollmustern.

Hans Kramer, 1907 im thüringischen Greiz geboren, hatte eine unruhige Kindheit und Jugend. Bis zum Ausbruch des Ersten Weltkrieges lebte er bei den Eltern in Greiz, wo sein Vater Oswald Kramer als kaufmännischer Angestellter arbeitete. Als der Vater eingezogen wurde und die Mutter zu ihrer Schwester nach Leipzig ging, um dort das Lebensmittelgeschäft des Schwagers führen zu helfen, der auch Soldat geworden war, wurde Hans zu seinen Großeltern nach Mylau bei Reichenbach gegeben. Dort war der Großvater Direktor einer Weberei.

In Mylau kam Hans Kramer in die Volksschule. Noch während des Krieges wechselte er auf die Realschule in Reichenbach.

Nach Kriegsende kaufte sein Vater ein Mietshaus mit einem Ladengeschäft in Schöneck im oberen Vogtland. Er eröffnete eine Drogerie mit Kolonialwarenhandlung, der eine Kaffeerösterei und eine kleine Likörfabrikation angeschlossen waren. Zu seiten der Drogerie eine Zapfstelle für Benzin mit zwei Zapfsäulen.

Hans Kramer mußte seine Großeltern in Mylau verlassen und von der Realschule in Reichenbach auf die Volksschule Schöneck wechseln.

Nach der Konfirmation in Schöneck zog er zurück zu seinen Großeltern, die sich inzwischen in Leipzig niedergelassen hatten. Er ging dort in eine kaufmännische

Lehre und besuchte die Öffentliche Handelslehranstalt ÖHLA in der Löhrstraße 3–5. Abends absolvierte er Sonderkurse mit dem Ziel, die Matura abzulegen, um anschließend an der Handelshochschule Leipzig, der HHL, zu studieren.

Sein Vater Oswald Kramer war dagegen. Er sagte:

«Matura! Studieren! Das ist verlorene Zeit. Lern was Praktisches und verdien Geld!»

Auf Geheiß seines Vaters zog Hans Kramer im Alter von sechzehn Jahren nach Plauen, arbeitete ein Jahr lang in einer Drogerie und besuchte die Drogistenfachschule. In Zwickau legte er die Drogistenfachprüfung ab. Danach arbeitete er in der väterlichen Drogerie in Schöneck.

Wie es der Wunsch seines Vaters gewesen war: Er hatte etwas Praktisches gelernt und verdiente Geld.

1924 trat er dem ‹Völkischen Block› bei, einem Wahlbündnis der Rechten, das sich gebildet hatte, nachdem die NSDAP im Gefolge des Münchner Hitler-Putsches vorübergehend verboten worden war.

Im Frühjahr 1929 übernahm er in Schöneck die zweite Drogerie, die sein Vater gekauft hatte.

In Schöneck gründete er die örtliche Gruppe der ‹Kampfgemeinschaft des gewerblichen Mittelstandes gegen Warenhaus und Konsumverein›, eine Organisation, die sich gegen jüdische Warenhäuser und gegen die gewerkschaftlichen Konsumgenossenschaften richtete. Er leitete die Schönecker Gruppe bis zum Sommer 1932.

Hilde Ruttig, eine ältere Schwester von Elisabeth, arbeitete als Büroangestellte in Dresden. Sie war musisch begabt, spielte Klavier, sang, und sie las mit Leidenschaft Romane.

Ihr Verlobter, ein Dresdner Bauingenieur namens Willi Fiebig, bestärkte sie in ihren Interessen. Er schenkte ihr Bücher und Noten, ging mit ihr ins Theater und in Konzerte.

Es war ausgemacht gewesen, 1928 zu heiraten.

Er reiste mit Hilde nach Oberheinsdorf, um sich ihren Eltern vorzustellen.

In Ruttigs Wohnzimmer saß Hilde mit Willi Fiebig, ihren Eltern und Elisabeth am Kaffeetisch.

Hilde fragte:

«Wo ist Fritz?»

Paul Ruttig:

«Das möchte ich auch wissen.»

Elisabeth:

«Er ist in den Wald gerannt. Das macht er immer, wenn er sich schlecht fühlt.»

Willi Fiebig sah Hilde fragend an.

Hilde schwieg.

Die Tür ging auf, und Fritz polterte ins Zimmer.

Fritz unrasiert, das Haar wirr, das Hemd zerrissen, die Hose von Erde schmutzig.

Paul Ruttig:
«Wo hast du dich herumgetrieben.»
Fritz:
«Ich war in Dänemark, meine Mutter besuchen.»
Martha Ruttig:
«Ach, Fritz.»
Fritz:
«Und ich baue in Dänemark ein Wasserkraftwerk.»
Paul Ruttig:
«Du weißt nicht einmal, was Elektrizität ist.»
Fritz:
«‹Elektra› heißt ‹das Beste›, und ‹zitieren› heißt ‹das Beste schnell wohin bringen›.»
Paul Ruttig:
«Du Quatscher.»
Fritz nahm eine drohende Haltung an, sank aber sogleich wieder in sich zusammen. Er sagte noch:
«Ich brauche sofort ein Auto.»
Martha Ruttig stand auf, nahm Fritz bei der Hand und brachte ihn aus dem Zimmer.

Nach dem Besuch in Oberheinsdorf trennte sich Willi Fiebig von Hilde.
Er sagte:
«Wir können keine Kinder haben.»

Paul Ruttig hatte seinem Schwiegersohn schon vor der Hochzeit mit Elisabeth angeboten, in seine Oberheinsdorfer Wollhandelsfirma einzutreten.

Obwohl Hans Kramer sich in Schöneck noch nie wohlgefühlt hatte und den Drogerieberuf gerne aufgegeben hätte, zögerte er, weil er seinen Vater nicht mit den beiden Drogerien alleinlassen wollte.

Schließlich aber erklärte sich Oswald Kramer mit dem Wunsch seines Sohnes, den Beruf zu wechseln und Wollhändler zu werden, einverstanden.

Mitte 1932 zog Hans Kramer mit Frau und Kind nach Oberheinsdorf und trat in die Firma seines Schwiegervaters ein, um Wollkaufmann zu werden.

Bereits Ende 1931, ein halbes Jahr nach der Hochzeit, war Hans Kramer noch in Schöneck in die NSDAP eingetreten. Er erhielt seine Mitgliedskarte mit der Nummer 907850 unter dem Datum des 1. Februar 1932.

In Oberheinsdorf betätigte er sich von Anfang an in der NSDAP, zuerst als Stützpunktleiter, später als Ortsgruppenleiter der Ortsgruppe Oberheinsdorf, zu welcher der Ort Hauptmannsgrün gehörte.

Oberheinsdorf hatte Mitte der dreißiger Jahre etwa vierhundert, Hauptmannsgrün etwa siebenhundert Einwohner.

Das Wollgeschäft sagte Hans Kramer zu. Er fand schnell in die neue Arbeit. Anders als sein Schwiegervater nahm er persönlichen Kontakt zu den Kunden auf. Er traf sich in Reichenbach und anderswo mit Spinnereibesitzern und bot ihnen Wolle direkt an.

Gelegentlich eines Geschäftsabschlusses sagte ein Reichenbacher Fabrikant bei Cognac und Zigarre:

«Mal ehrlich, Herr Kramer, Sie sind doch ein Jud.»

Hans Kramer erschrak. Der NSDAP-Stützpunktleiter ein Jude?

Er sagte:

«Wie kommen Sie denn darauf?»

«Na, schwarze Locken. Und Ihre Nase.»

Von jetzt an ließ sich Hans Kramer das Haar kürzer schneiden und bürstete es jeden Morgen mit warmem Wasser glatt.

Energisch betrieb er die Komplettierung seines Ahnenpasses, den er sich vom ‹Reichsverband der Standesbeamten Deutschlands› hatte schicken lassen, um den Nachweis seiner ‹arischen Abstammung› führen zu können.

Die Sache war mit lästigem Aufwand verbunden. Die Angaben mußten auf beglaubigten Abschriften von Originalurkunden beruhen, die von Standesämtern und Kirchengemeinden einzuholen waren. Geburt, Taufe, Heirat und Tod der Vorfahren bis zur fünften Generation – den Ururgroßeltern – waren nachzuweisen.

Elisabeths Bruder Friedrich ‹Fritz› Ruttig, geboren 1905, wohnhaft im Oberheinsdorfer Elternhaus, hatte seit 1927 ein eigenartiges Verhalten an den Tag gelegt.

Ein Gutachten von Obermedizinalrat Dr. Edelmann nannte Wahn- und Verfolgungsideen, Gemütsstumpfheit, Arbeitsunlust, Neigung zu impulsiven Verkehrtheiten.

Am 3. Januar 1929 wurde Fritz von seinem Bruder Alfred in die Psychiatrische Abteilung des Krankenhauses Plauen gebracht.

Am 1. Februar 1929 überführte man ihn in die ‹Landes-Heil- und Pflegeanstalt für Geisteskranke zu Untergöltzsch›, die im Volksmund ‹Irrenanstalt Rodewisch› hieß.

Am 31. Mai 1929 wurde er als ‹gebessert› nach Hause entlassen.

Der Regierungsmedizinalrat Dr. Wallis stellte auf Ersuchen des Amtsgerichts Reichenbach in einem Gutachten vom 24. August 1929 fest, es handle sich bei Friedrich Ruttig um eine Geisteskrankheit, die sich hauptsächlich in Wahnideen und Kritiklosigkeit, Uneinsichtigkeit und Überbewertung der eigenen Person äußere, sowie um Erregungszustände, kurz, um Dementia paranoides, eine Erkrankung, die man nach der neueren Nomenklatur Schizophrenie nenne.

Am 22. Mai 1930 mußte Fritz angesichts verstärkt auftretender Krankheitssymptome wieder in Untergöltzsch eingewiesen werden.

Drei Tage darauf sagte Martha Ruttig zu ihrem Mann:

«Wir fahren nach Rodewisch. Ich will sehen, wie es Fritz geht.»

Paul Ruttig holte den Wagen aus der Garage. Martha Ruttig packte ein großes Stück Marmorkuchen ein, den Fritz gerne aß.

Die knapp fünfzehn Kilometer von Oberheinsdorf bis Rodewisch.

Der große Besucherraum düster. An den Wänden Bänke. Die Fenster vergittert.

Ein Pfleger brachte Fritz.

Martha Ruttig zu dem Pfleger:

«Ich möchte das Zimmer von Fritz sehen.»

Der Pfleger:

«Zimmer? Es gibt nur Schlafsäle. Dorthin dürfen Besucher nicht.»

«Besucher! Ich bin seine Mutter!»

«Auch Eltern nicht.»

Martha Ruttig nahm ihren Sohn an die Hand und setzte sich mit ihm auf eine Bank. Neben Fritz setzte sich Paul Ruttig.

Fritz trug die Sachen, in denen er am 22. Mai eingeliefert worden war. Er war nicht rasiert. Er roch ungewaschen.

Martha Ruttig gab ihm das Stück Marmorkuchen. Er nahm es und gab es ihr sogleich zurück. Sie weinte.

Fritz sagte:
«Ich will sofort nach Hause!»
Paul Ruttig:
«Du mußt erst gesund werden.»
«Dann gib mir Zigarren.»
«Hier darf man nicht rauchen.»
Beim Abschied sagte Fritz:
«Ich brauche ein Motorrad! Ich fahre nach Hause!»
Martha Ruttig weinte.

Im Juli 1932 wurde Elisabeth Kramer zum zweiten Mal schwanger. Hans Kramer hoffte auf die Geburt einer Tochter. Aber im April 1933 kam ein Junge zur Welt, Kurt.

Die vierköpfige Familie sollte nicht länger im Dorf zur Miete wohnen. Hans Kramer ließ 1934 im Rahmen der nationalsozialistischen ‹Arbeitsbeschaffung›, die ihm ein Darlehen sicherte, von dem Reichenbacher Architekten Paul Pfabe ein geräumiges Einfamilienhaus in Oberheinsdorf bauen.

Im Haus eine Garage.

Hans Kramer kaufte eine 130er Benz-Limousine.

Neben der Garagenauffahrt stand eine Hundehütte für Strolch, einen irischen Setter. Immer wenn Hans Kramer losfuhr, jagte er hinterher und versuchte, sich in die Autoreifen zu verbeißen. Er ließ erst davon ab, wenn er dem Auto nicht mehr folgen konnte.

Auf östlicher Seite des Grundstücks ein Bauernhof an einem Berghang. Der Bauer Karl Meyer, Meyes Karl,war der Bürgermeister von Oberheinsdorf, ein NSDAP-Parteigenosse.

Auf westlicher Seite ein Bauernhof, von Kramers Garten nur durch die Zufahrt zu dem Gehöft getrennt: er gehörte Michael Meyer, Meyes Michel.

Im Tanzsaal der Gastwirtschaft von Karl Blechschmidt, die mitten im Ort lag, hielt die Ortsgruppe der NSDAP Einwohnerversammlungen ab.

Hakenkreuzfahnen hingen an diesen Tagen an der Rückwand der Bühne. Auch am Rednerpult prangte eine Fahne.

Hans Kramer, in der gelbbraunen Uniform des Ortsgruppenleiters, redete. Er nannte die Leute nicht ‹Volksgenossen›, sondern ‹liebe Oberheinsdorfer›. Er konnte die Leute überzeugen.

Er überzeugte sogar seinen Schwiegervater, in die Partei zu gehen, obwohl der eher sozialdemokratisch eingestellt war und immer den ‹Vorwärts› las.

Am 1. Mai ein Festumzug durchs Dorf, organisiert von der Partei und der Gemeindeverwaltung.

Die Erntewagen der Bauern geschmückt mit Birkenzweigen und Hakenkreuzfähnchen.

Auf den Wagen Mägde und Knechte mit bäuerlichen Gerätschaften.

Auf einem Wagen der Bäcker mit Gesellen und Lehrling beim Kneten von Brotteig.

Die Feuerwehr mit einer alten, handbetriebenen Spritze und mit der neuen Motorspritze.

Auf einem Wagen das mannshohe Logo der ‹Deutschen Arbeitsfront›, daneben zwei Männer – der eine im weißen Bürokittel, der andere in dunkler Montur mit einem Hammer in der Hand. Der Weißkittel Albert Rödel, Buchhalter bei Paul Ruttig.

Die Erntewagen gezogen von Traktoren oder von Pferdegespannen.

An der Spitze des Zuges ein SA-Mann zu Pferde, gefolgt von einer Blaskapelle.

Schulkinder in Viererreihen.

Festlich gekleidete Dörfler, die Frauen kleine Kinder an der Hand.

Sogar ein bekannter Landstreicher, seine Habseligkeiten in einem Sack auf dem Rücken, durfte mitlaufen.

Elisabeth Kramer sagte:

«Als ich zum dritten Mal schwanger war, da wohnten wir schon in unserem eigenen Haus in Oberheinsdorf.

Nach Georg und Kurt sollte es jetzt ein Mädchen werden. Aber es wurde wieder ein Junge, Paul. Paul war völlig überflüssig.

Wir haben ihn angezogen wie ein Mädchen. Und sein Haar wachsen lassen bis auf die Schultern. Blond und lockig.»

Nach der Schließung der Deutschen Wollentfettung auf dem Oberheinsdorfer Fabrikberg hatte ein findiger Ex-angestellter den Fabrikteich, der den Betrieb mit Wasser versorgte, in einen Karpfenteich verwandelt, mit einer Wasser-Ablaßvorrichtung.

Mitte der dreißiger Jahre pachtete Hans Kramer den Karpfenteich.

In einem Herbst sollte Karpfenernte sein. Über Nacht wurde das Wasser abgelassen. Nur die Abfischgrube an der tiefsten Stelle blieb voll. Dort sammelten sich die Karpfen.

Am nächsten Morgen machte sich Hans Kramer auf den Weg. Er trug eine große blaue Schürze und Gummistiefel.

Wie verabredet, stand Meyes Karl schon mit einem gummibereiften flachen Wagen, vor den ein Pferd gespannt war, am Rand des Teiches. Mit ihm zwei seiner Knechte in Gummistiefeln. Auf dem Wagen zwei große Tonnen und eine Zinkbadewanne, gefüllt mit frischem Wasser. Meyes Karl hatte auch Zinkeimer und Kescher mitgebracht.

Hans Kramer und die Knechte wateten mit Eimern und Keschern in den sumpfigen Teich. Sie nahmen die Karpfen an der tiefsten Stelle mit den Keschern auf und ließen sie in die Eimer gleiten. Einer der Knechte trug die Eimer zum Wagen und kippte sie in die Zinkbadewanne und in die Tonnen.

Meyes Karl stand die ganze Zeit bei dem Pferd und rauchte einen Stumpen.

Als kein Karpfen mehr in der Abfischgrube zappelte, luden die Knechte Eimer und Kescher auf den Wagen. Hans Kramer schloß die Abflußvorrichtung. Er und die beiden Knechte setzten sich neben der Zinkbadewanne auf den Wagenrand. Meyes Karl nahm die Zügel in die Hand, schnalzte, und die Fuhre setzte sich in Bewegung, den Fabrikberg hinunter.

Vor Kramers Haus hielt Meyes Karl den Wagen an. Die Knechte packten die Karpfen in die Eimer und schleppten sie in den Keller.

In einem der Kellerräume hatte Hans Kramer beim Bau des Hauses ein großes gekacheltes Bassin mit Zu- und Abfluß einbauen lassen. Am Morgen der herbstlichen Karpfenernte hatte er es bis knapp unter den Rand mit frischem Wasser gefüllt. Die Knechte kippten die Karpfen Eimer um Eimer in das Bassin.

Hans Kramer sagte zu seiner Frau:

«Immer wenn wir Appetit darauf haben, machst du ‹Karpfen blau›.»

«Aber schlachten mußt du sie.»

1937 kam Georg Kramer in die Schule. Das Schulgebäude in Sichtweite des Elternhauses. Der Schulweg kurz.

Der einzige Lehrer, Herr Hertel, wohnte in der oberen Etage. Parterre ein geräumiges Klassenzimmer. Vormittags gemeinsamer Unterricht der Klassen 1–4, nachmittags der Klassen 5–8.

Elisabeth Kramer war als Elisabeth Ruttig schon Schülerin in der Dorfschule gewesen.

Herr Hertel, ein hochgewachsener hagerer Mann, zählte 1937 vielleicht fünfzig Jahre. Die Dorfjugend kannte keinen anderen Lehrer. Sein bewährtes Erziehungsmittel – der Rohrstock. Besonders die Bauernjungen, die keine Lust zum Lernen hatten oder einfach dumm waren, bekamen ihn zu spüren.

Die Kinder von Paul Ruttig schlug Herr Hertel nicht. Schließlich war Paul Ruttig jemand. Der ging sogar mit Herrn Hertel in die Gastwirtschaft von Karl Blechschmidt zum Bier.

Auch Georg Kramer ließ Herr Hertel aus. Dessen Vater war immerhin der Ortsgruppenleiter. Und Herr Hertel war seit einiger Zeit Parteigenosse.

Hans Kramers Eltern, Oswald und Isolde Kramer, wohnten nicht mehr in Schöneck. Oswald Kramer hatte die beiden Schönecker Drogerien verkauft. Sie lebten nun in Unterheinsdorf.

Gelegentlich gesellte sich Selma Adler dazu, Isolde Kramers Mutter, die in Mylau wohnte, die Urgroßmutter von Georg, Kurt und Paul. Eine achtunggebietende Alte, zu der die Urenkel Abstand hielten. Insgeheim wurde sie ‹der General› genannt.

Elisabeth Kramer sagte:

«Neunzehnhundertsiebenunddreißig, zwei Jahre nach Paul, kam Thea auf die Welt. Endlich ein Mädchen. Hans und ich waren überglücklich. Hans hat gesagt: ‹Jetzt ist unsere Familie vollzählig.›

Paul haben wir die langen Locken abschneiden lassen und haben ihm Jungenssachen angezogen.»

Am 12. März 1938 rief Paul Ruttig seinen Schwiegersohn an:

«In der Nacht ist die Wehrmacht in Österreich einmarschiert.»

Hans Kramer:

«Ich weiß. Die Österreicher haben den deutschen Soldaten zugejubelt.»

Paul Ruttig:

«Viele, ja. Aber nicht alle.»

Hans Kramer:

«Ich muß eine Versammlung machen. Am besten morgen.»

Paul Ruttig:

«Was willst du sagen?»

Hans Kramer:

«Daß es eine natürliche Sache ist. Die Österreicher sprechen Deutsch. Der Führer ist heute nach Wien gefahren.»

Am Morgen des 13. März hörte Hans Kramer im Radio, daß der Anschluß Österreichs an das Deutsche Reich erklärt worden war.

Am selben Tag sagte er im Saal des Gasthauses Blechschmidt zu den «lieben Oberheinsdorfern», Österreich gehöre jetzt zu Deutschland.

Er konnte sich denken, was das für die Juden in Österreich bedeutete. Davon sprach er nicht.

Die Oberheinsdorfer nahmen seine Rede ungerührt hin.

Nach der Versammlung stand Hans Kramer noch bei einem Bier am Tresen.

Karl Meyer, der Bürgermeister, sagte zu ihm:

«Für mich waren die Österreicher schon immer Deutsche. Wie die Bayern.»

In Oberheinsdorf und Hauptmannsgrün gab es nur einen Juden, Doktor Roth. Er besaß ein Haus auf einem großen Grundstück. Bis Anfang 1933 unterrichtete er am Reichenbacher Gymnasium Englisch und Französisch. An jedem Schultag fuhr er mit seinem Opel von Oberheinsdorf nach Reichenbach.

Am liebsten stromerte Paul mit seinem Bruder Kurt durchs Dorf.

Sie wußten, daß der Doktor Roth, ein Lehrer aus Reichenbach, auf seinem Dorfgrundstück nicht nur Kartoffeln und Gemüse anbaute, sondern auch eine große Himbeerhecke hatte.

Sie wußten nicht, daß er 1933 aus «rassischen» Gründen vom Schuldienst suspendiert worden war.

Sie wußten auch nicht, daß ihr Vater Nationalsozialist und Ortsgruppenleiter war.

Sie wußten überhaupt nicht, was ein Nationalsozialist und Ortsgruppenleiter ist.

Sie schlichen zu Doktor Roths Grundstück und pflückten Himbeeren. Plötzlich tauchte hinter der Hecke Doktor Roth auf und sagte:

«Euer Vater ist ein Verbrecher.»

Kurt und Paul erschraken. Sie rannten nach Hause und erzählten es.

Hans Kramer sagte:
«Ein alter böser Mann. Macht euch nichts draus.»

Der Großvater Paul Ruttig sah streng aus, aber wenn er in der Wohnstube in Oberheinsdorf auf dem Sofa saß, durften seine Enkel sich zu ihm setzen. Paul interessierte sich für die goldene Taschenuhr mit der Uhrkette.

Einmal sagte der Großvater zu Paul:

«Wenn ich tot bin, kriegst du meine Taschenuhr.»

Paul antwortete:

«Wann sterbst du?»

An der Gartenseite seines Hauses hatte Paul Ruttig eine Garage aus Holz bauen lassen.

An der Garagenwand stand eine Gartenbank, mit Blick auf die Wiese. Dort saßen er und seine Frau Martha oft in der Sonne.

Auf der Wiese hatte er eine Ziege angepflockt. Die hielt das Gras kurz. Am Abend kam die Ziege in den Keller. Die Großmutter hat die Ziege gemolken.

Am Rand der Wiese floß der knietiefe Raumbach.

Manchmal, im Sommer, sagte der Großvater zu Paul:

«Komm, wir fangen eine Forelle.»

Er kniete sich an den Bachrand nieder, fuhr mit der Rechten vorsichtig unter dem überhängenden Ufergras entlang, und – schwupp! – hatte er eine Forelle gepackt.

Er sagte zu Paul:

«Willst du sie mal halten?»

«Nein!»

«Sie ist noch zu klein. Ich tu sie wieder ins Wasser.»

Im Haus der Oberheinsdorfer Großeltern gab es nur ein Plumpsklo mit einer hölzernen Sitzfläche und einem runden Sitzloch. Man konnte in die Grube sehen. Meist sah man etwas Weißes. Das war entweder Kalk, den der Großvater regelmäßig in die Grube schüttete, oder es war etwas Bewegliches – Maden. Das Sitzloch wurde mit einem Deckel zugedeckt.

Paul Ruttig sagte:

«Wenn der Abort stinkt, wird anderes Wetter.»

In der Nacht vom 29. zum 30. September 1938 unterzeichneten Hitler, Mussolini, der französische Ministerpräsident Édouard Daladier und der britische Premier Neville Chamberlain das Münchner Abkommen. Es bestimmte, daß die Tschechoslowakei die sudetendeutschen Gebiete an das Deutsche Reich abzutreten und binnen zehn Tagen zu räumen habe.

Die Tschechoslowakei und die mit ihr verbündete Sowjetunion waren zu der Konferenz nicht eingeladen.

Großbritannien und Frankreich hatten der tschechoslowakischen Regierung schon am 21. September erklärt, daß sie keinen Beistand zu erwarten hätte, falls sie die deutsche Forderung nach den sudetendeutschen Gebieten ablehnte.

Die Tschechoslowakei akzeptierte die Bedingungen des Münchner Abkommens, um einen Krieg mit Deutschland zu vermeiden.

Neville Chamberlain rühmte sich, den Frieden gerettet zu haben.

Angetan mit dem schwarzen Ausgehanzug der Allgemeinen SS, weißem Hemd und schwarzem Binder, auf dem blondbehaarten Kopf die schwarze Schirmmütze, versehen mit silbernem Parteiadler und Totenkopf, weißbehandschuht – das war der frisch getraute Erwin Wechsler. An seiner rechten Seite die junge Ehefrau Gerda, geborene Kramer, in weißem Brautkleid.

Sie verließen das Rathaus von Schöneck nach der Zeremonie im Standesamt.

Auf dem Vorplatz ein Spalier von sechs ‹Jungmädeln› des ‹Bundes Deutscher Mädel›, bekleidet mit dunkelblauem Rock und kurzärmeliger weißer Bluse, schwarzem Halstuch mit Lederknoten, weißen Söckchen in flachen schwarzen Halbschuhen. Die ‹Jungmädel› den rechten Arm zum Hitlergruß ausgestreckt.

Vor dem Brautpaar gingen drei Kinder mit Blumenkörbchen, zwei Jungen und ein Mädchen. Die Jungen in weißen Anzügen mit kurzen Hosen, weißen Kniestrümpfen, weißen Halbschuhen. Das Mädchen in langem weißen Kleid, weißen Strümpfen, weißen Halbschuhen.

Das Mädchen – zwölfjährig, Traudchen Heintze, eine Cousine von Georg und Kurt.

Die Jungen – Georg Kramer, siebenjährig, und Kurt Kramer, fünfjährig.

Beim Hochzeitsmahl waren die Kinder zugelassen. Der Brautvater, Oswald Kramer, in dunklem Anzug, weißem Hemd mit weißer Fliege, trug am linken Revers das NSDAP-Parteiabzeichen.

Neben ihm die Brautmutter, Isolde Kramer, in dunklem Kleid.

Der Bruder der Braut, Hans Kramer, in der gelbbraunen Uniform des NSDAP-Ortsgruppenleiters.

Seine Frau, Elisabeth Kramer, in einem hellen gemusterten Kleid mit weitem Ausschnitt.

Zwischen Elisabeth und Hans Kramer ihr Sohn Kurt. Zwischen Hans und Oswald Kramer saß Georg.

Der Brautvater hielt eine Tischrede.

Auch Hans Kramer redete. Er wünschte dem jungen Paar gesunde Kinder und eine fröhliche und friedliche Zukunft. Das Abkommen in München mit England, Frankreich und Italien sei das beste Zeichen dafür.

Elisabeth Kramers jüngster Bruder Werner, das elfte Kind von Paul und Martha Ruttig, geboren 1916, arbeitete im Wollgeschäft des Vaters.

Paul Ruttig, Werner und der Buchhalter Albert Rödel saßen im Kontor an ihren Schreibtischen.

Manchmal ging der kleine Paul ins Kontor. Werner gab ihm ein Blatt Papier und einen Bleistift. Er durfte am Rand eines Schreibtisches sitzen und malen.

Das Wandregal, in dem sich die Wollkörbe stapelten, reichte bis zur Zimmerdecke. Die Wollkörbe waren groß genug, um ein vierjähriges Kind hineinzusetzen.

Werner und Rödel holten vom obersten Regalfach einen leeren Wollkorb, setzten Paul hinein und stellten den Korb wieder in das oberste Fach. Sie lachten, aber Paul war nicht zum Lachen zumute.

Paul Ruttig schüttelte den Kopf. Er sagte:

«Genug jetzt.»

Georg kam von einem Besuch seiner Großeltern Ruttig zurück und sagte:

«Opa hat sich ein neues Auto gekauft.»

Elisabeth Kramer sagte:

«Na ja. Sich! Er fährt ja gar nicht mehr Auto. Das ist für Werner, Onkel Werner. Früher ist Opa gerne Auto gefahren. Er hatte schon Neunzehnhundertelf ein Auto.

Ich bin Neunzehnhundertelf mit dem Auto zur Taufe nach Kirchnitz gefahren worden. Sonntags hat er sich zwei, drei Bauern ins Auto geladen und ist mit denen von Oberheinsdorf zur nächsten Dorfkneipe gefahren.»

Werner besaß ein Motorrad. Das hatte sein Vater für ihn gekauft.

Einmal lud er seinen Neffen Paul ein, auf dem Soziussitz mit ihm in den Wald zu fahren.

Er sagte:

«Halt dich gut fest.»

Paul hielt sich am Griff des Soziussitzes fest. Werner fuhr in den Wald über Stock und Stein, Paul verlor den Halt und flog ins Moos.

«Ich hab dir doch gesagt, du sollst dich festhalten», sagte Werner.

Elisabeth Kramer sagte zu ihrem Mann:

«Werner hat mir erzählt: ‹Als ich Neunzehnhundertvierunddreißig mit den Eltern bei Fritz in Rodewisch war, hat der Pfleger zu ihnen gesagt: ‚Ich darf eigentlich nicht darüber sprechen, aber ich tue es trotzdem. Sie sind die Eltern.' Der Pfleger hat dann berichtet, was Fritz gemacht hat. Wir waren oft dort in den letzten Jahren. Und oft hat der Pfleger darüber gesprochen.›

Ich habe zu Werner gesagt: ‹Wenn ich mit euch bei Fritz war, hat der Pfleger nichts gesagt.›

Werner hat gesagt: ‹Jedenfalls, Vierunddreißig fing das an. Der Pfleger erzählte, und Fritz war dabei: ‚Ihr Sohn steht entweder stundenlang stumm an der Wand, oder er läuft durch die Krankensäle und spricht vor sich hin. Schreit: ‚Ich will raus, ich geh nach Dänemark, zu meiner Mutter. Ich brauche ein Auto.'

Im Mai Vierunddreißig hat der Pfleger gesagt: ‚Ihr Sohn hat seine Hose zerrissen.' Plötzlich hat Fritz sich geregt. Zum Vater meinte er: ‚Das ist meine Hose, und damit kann ich machen, was ich will.'

Später sagte der Pfleger: ‚Er hat seine Eßschüssel durch die Gegend geschmissen, hat seinen Stuhl zerbrochen und hat mit einem Stuhlbein auf andere Kranke eingeschlagen. Dabei geschrien: ‚Ihr könnt hierbleiben, aber ich gehe!'›

Werner hat gesagt: ‹Sechsunddreißig hat Fritz zu fliehen versucht. Er wollte nachts die Saaltür aufbrechen. Daraufhin haben ihn die Pfleger in die Abteilung fürs Federnschleißen gesperrt. Gearbeitet hat er nicht. Auch nicht gesprochen.›

Werner hat gesagt: ‹Siebenunddreißig haben wir Fritz siebenmal besucht. Zuerst im März, zuletzt im Dezember. Im Frühjahr und Sommer hat Vater am Steuer gesessen, im Herbst und Winter bin ich gefahren. Mutter hat Fritz immer etwas mitgebracht. Kuchen oder Obst. Manchmal hat er es genommen, manchmal nicht. Mutter hat oft geweint. Seit Siebenunddreißig bekommt Fritz zweimal täglich Insulin gespritzt.›

Werner hat gesagt: ‹Alfred und Lotte waren mit Vera oft bei Fritz.› Du sollst Fritz auch einmal besuchen.»

Hans Kramer sagte:

«Ich fahre hin.»

1938 war Hans Kramer mit seiner Frau, seinen Schwiegereltern und seinem Schwager Werner bei Fritz in Rodewisch.

Fritz sagte zu ihm:

«Wer bist du denn! Kannst du mir ein Flugzeug besorgen?»

Zu Hause sagte Hans Kramer zu seiner Frau:

«Ich habe Angst, daß das bei unseren Kindern wiederkommt.»

Am 1. Oktober 1938 marschierte die deutsche Wehrmacht in die sudetendeutschen Gebiete ein.

In der sudetendeutschen Kleinstadt Roßbach bei Asch lebte Elisabeth Kramers Schwester Karla mit ihrem Mann Robert Gradl. Karla, geboren 1909, war das achte Kind von Paul und Martha Ruttig. Ihr Zwillingsbruder, Ernst, war nach der Geburt gestorben.

Nach dem Einmarsch der deutschen Wehrmacht sagte Paul Ruttig:

«Jetzt gehört Roßbach zu Deutschland. Brauchen wir nicht mehr in die Tschechoslowakei einzureisen, wenn wir Karla besuchen.»

Elisabeth Kramer sagte zu ihrem Mann:

«Alfred hat erzählt, daß in Plauen die Synagoge ausgebrannt ist. Die Feuerwehr hat nicht gelöscht.»

Hans Kramer:

«Ich weiß.»

Elisabeth Kramer:

«Und auf dem jüdischen Friedhof sind die Grabsteine umgeschmissen und vollgeschmiert worden, sagt Alfred. Das ist nicht recht.»

Hans Kramer:

«Sei bitte still.»

Elisabeth Kramer:

«In Reichenbach gibt es keine Synagoge und keinen jüdischen Friedhof.»

Hans Kramer:

«Die Reichenbacher Juden gehören zur jüdischen Gemeinde in Plauen.»

Er sagte seiner Frau nicht, was er durch parteiinterne Informationen über Reichenbacher Juden wußte: daß Arthur Bohm und Isidor Beutler in diesem Jahr Selbstmord begangen hatten. Arthur Bohm nach dem Zwangsverkauf seines Kaufhauses Krell & Co., Isidor Beutler nach dem Zwangsverkauf seiner Spinnerei und Weberei.

Martha Ruttig war die Seele des großelterlichen Hauses in Oberheinsdorf.

Bei Oma stand mittags eine gußeiserne Kasserolle mit Bratkartoffeln am Rande der Herdplatte. Die Bratkartoffeln hießen Spälkle, von ‹Spalten›, gespaltene Kartoffelstücke.

Der Küchenherd wurde mit Holz gefeuert. Oma nahm je nach Größe der Töpfe mit einem Haken die Ofenringe heraus, so daß die Töpfe direkt über der Flamme standen.

Neben der Küche war das Käfterle, die kleine Speisekammer. Im Käfterle, in dem es kühl war, bewahrte sie die alltäglichen Lebensmittel auf. Einen Kühlschrank gab es noch nicht. Andere Lebensmittel lagerten im Keller.

Wenn man hungrig zur Oma kam, holte sie aus dem Käfterle ein großes rundes Brot. Sie hielt es mit der Linken vor die Brust und schnitt mit dem Brotmesser die Scheiben ab. Auf die Brotscheibe strich sie Speckfett, selbstgemachtes Griebenschmalz. Manchmal war es auch Gänseschmalz. Man kriegte eine Fettbemme. Dazu eine emaillierte Tasse mit Malzkaffee, Muckefuck.

In Omas Küche war es schon am frühen Morgen gemütlich warm. Obwohl es im ersten Stock des Hauses ein Badezimmer gab, machte Paul Ruttig, der Opa, seine

Morgentoilette immer in der Küche am Handwaschbekken, über dem ein kleiner Spiegel hing. Im Bad hätte der Badeofen angeheizt werden müssen.

Opa schlug mit dem Rasierpinsel Schaum in der Seifenschale, schärfte das Rasiermesser an einem breiten Lederriemen, der am Türrahmen hing, seifte sich ein und rasierte sich sorgfältig, ohne mit dem Rasiermesser seinen Schnurrbart zu berühren. Nachdem er sein Gesicht gewaschen und abgetrocknet hatte, bürstete er mit einer kleinen Bartbürste seinen Schnurrbart. Zuletzt kämmte er sein Haar.

Im Winter trugen die Jungen warme, aber unpraktische Unterwäsche: Hemdhosen. Um sie loszuwerden, mußten sich die Jungen ganz ausziehen. Schafften sie das nicht schnell genug, war das Malheur passiert.

Dann ging Paul nicht nach Hause; er ging lieber zur Großmutter Martha.

Sie zog ihn geduldig aus, stellte ihn in eine große Schüssel mit warmem Wasser und wusch ihn mit einem weichen Lappen vom Nabel bis zur Sohle.

Als Vierjähriger machte sich Paul auch schon allein auf den Weg ins Dorf.

Er wanderte zu dem benachbarten Bauernhof von Karl Meyer, Meyes Karl.

Der schickte ihn in den Dorfladen, Streichhölzer kaufen.

Paul kam mit einer Schachtel Streichhölzer zurück.

Meyes Karl öffnete sie und sagte:

«Schade, die Zündköpfe sind auf der linken Seite. Ich wollte aber Zündköpfe auf der rechten Seite. Da mußt du noch einmal gehen.»

Paul ging wieder zum Dorfladen.

Der Kaufmann lachte ihn aus und gab ihm eine andere Schachtel.

Jetzt war Meyes Karl zufrieden.

Thea wanderte im Sommer oft zu den Großeltern Ruttig nach Oberheinsdorf, auf den Schwellen der Rollbock-Bahn.

An einem Nachmittag wurde sie auf ihrem Weg von Dorfjungen mit Steinen beworfen und am Kopf verletzt.

Aus einem nahen Haus kam ein Mann gelaufen. Er drohte den Jungen:

«Haut ab, ihr Rotznasen!»

Die Jungen liefen weg.

Zu Thea sagte er:

«Komm rein, wir machen dir ein Pflaster drauf.»

Auf der großen Wiese zwischen dem Haus der Großeltern und dem Raumbach pflückte Thea mit der Großmutter Wiesen-Knöterich.

«Otternzungen», sagte die Großmutter. «Das gibt Spinat.»

Seit Herbst 1938 wurde der Lehrer Doktor Roth im Dorf nicht mehr gesehen.

Hans Kramer fragte in Reichenbach nach und erfuhr, daß Doktor Roth sein Haus, sein Grundstück und sein Auto verkauft habe und nach Unbekannt ausgereist sei.

Anfang 1939 erhielt Hans Kramer auf dem Dienstweg die Mitteilung, das Oberheinsdorfer Haus und Grundstück des Doktor Roth gehöre jetzt einem verdienten Parteigenossen. Der fuhr mit dem alten Opel von Doktor Roth durchs Dorf.

1939 kam auch Kurt in die Schule. Jeden Morgen machte er sich mit seinem Bruder Georg auf den Schulweg.

Paul mußte jetzt die Vormittage ohne Georg und Kurt verbringen. Er war vier Jahre alt und wollte auch zur Schule gehen.

Der Vater sprach mit Herrn Hertel. Ob Paul mit den Brüdern in die Schule kommen dürfe?

Herr Hertel hatte nichts dagegen, sagte aber:

«Wenn er den Unterricht nicht stört ...»

Von da an ging Paul jeden Morgen mit Georg und Kurt in die Schule. Zwar trug er keinen Ranzen, aber er kriegte wie seine Brüder eine kleine lederne Brottasche mit Schulbroten um den Hals gehängt.

Herr Hertel setzte ihn auf eine Bank in der letzten Reihe.

Paul brachte seine kleinen Holzautos mit und spielte mit ihnen. Fiel ein Auto auf den Boden, sah Herr Hertel strafend zu ihm hin. Paul rutschte von der Bank und suchte am Boden nach seinem Auto.

In der Pause ging er zu Georg und Kurt, die in der ersten Reihe saßen, und aß sein Schulbrot.

Auf dem Heimweg hänselten ihn seine Brüder:

«Hast du wieder den Unterricht gestört?»

Aber der Lehrer hatte Paul nicht verwarnt.

Der Gastwirt Blechschmidt betrieb in seinem Gasthof die Oberheinsdorfer Postfiliale. Das hatte für ihn den Vorteil, daß die Postkunden gelegentlich ein Bier oder eine Fleischbrühe bestellten.

Täglich hielt der Bus der ‹Kraftpost› vor Blechschmidts Gasthof. Er brachte aus Reichenbach die Post für Oberheinsdorf und die Post der Oberheinsdorfer in die Stadt.

Der Briefträger übernahm im Gasthof die Post und trug sie im Dorf aus, allerdings keine Pakete und Päckchen.

Paul Ruttig und auch Hans Kramer ließen ihre Pakete mit den Wollmustern bei Blechschmidt abholen. Das gehörte zur Arbeit von Ruttigs Buchhalter Rödel und von Kramers Kindermädchen Ruth.

Der Schmied. Ein großer schwerer Mann. Er trug eine Lederschürze.

Von der Feuerstelle, die der Schmied Esse nannte, stoben Funken, wenn er mit dem Schürhaken die glühende Steinkohle umwälzte. Die Funken sprühten hoch in den Rauchabzug. Schaltete er das Gebläse ein, erglühte die Kohle weißrot.

Die durchdringenden hellen Töne von den wechselnden Hammerschlägen auf das Schmiedezeug und den Amboß.

Wie der Schmied das feuerrote Hufeisen, das er mit der

Zange hielt, auf dem Amboßdorn zu einem Halbrund hämmerte.

Wie er die Löcher für die Hufnägel schlug.

Der Hufbeschlag.

Der Bauer redete beruhigend auf das Pferd ein.

Der Schmied zog die alten Nägel aus dem Huf und nahm das Hufeisen ab.

Wie er die Hufsohle mit dem Hufmesser ausschnitt und mit einer Raspel glättete.

Wie er das heiße Hufeisen auf den Huf aufbrannte.

Das Zischen und der beißende Qualm des verbrannten Horns.

Der Schmied nagelte das Hufeisen auf. Die Nagelspitzen traten oberhalb des Hufrandes aus der Hufwand aus. Der Schmied zwickte sie mit einer scharfen Zange ab.

Paul fragte:

«Tut dem Pferd das nicht weh?»

Der Schmied:

«Nee. Das is Horn. Merkt der gar nicht.»

Im Alter von vier Jahren beschloß Paul, Schmied zu werden.

Am 1. September 1939 sagte Hans Kramer zu seiner Frau:

«Die Polen haben den Reichssender Gleiwitz überfallen. Der Führer hat heute erklärt: ‹Jetzt wird zurückgeschossen.›»

«Wo ist Gleiwitz», fragte Elisabeth Kramer.

«In Oberschlesien, nicht weit von der polnischen Grenze. Im Dreiländereck Deutschland, Polen, Tschechei.»

«Dann ist jetzt Krieg?»

«Jetzt ist Krieg zwischen Deutschland und Polen.»

«Hoffentlich geht das gut.»

Kurt und Paul gingen oft zum Raumbach. Sie bauten kleine Staudämme und ließen Papierschiffe fahren.

Paul bewegte sich einmal unvorsichtig und fiel in den Bach. Pitschnaß lief er nach Hause. Weil er Angst davor hatte, ausgeschimpft zu werden, log er:

«Kurt hat mich in den Bach geschubst.»

Kurt wurde ausgeschimpft, aber er schwieg.

Kurt und Paul spielten auf dem Dachboden des Elternhauses. Da waren die Sachen abgelegt, die nicht mehr gebraucht wurden. In einer Ecke lag ein Haufen Holzwolle.

Paul hatte die Idee, mit der Holzwolle ein Feuerchen zu machen.

Kurt fand die Idee interessant.

Die beiden trugen eine Ladung Holzwolle zum Schornstein. Kurt holte aus der Küche Streichhölzer und zündete die Holzwolle an. Im Nu schlug die Flamme hoch, und es stieg beißender Rauch auf.

Kurt und Paul bekamen es mit der Angst zu tun. Sie schrien.

Hans Kramer kam auf den Boden, schnappte sich eine alte Decke, warf sie über die Flamme und trat das Feuer aus.

Die Jungen bugsierte er über die Bodentreppe hinunter.

Zu Elisabeth Kramer sagte er:

«Ich muß …»

Die Jungen fragte er:

«Wer hat das Feuer gemacht?»

Kurt sagte kleinlaut:

«Ich.»

Hans Kramer legte ihn übers Knie und versohlte ihm den Hintern. Das war das einzige Mal, daß Hans Kramer eines seiner Kinder geschlagen hat.

Zu Elisabeth Kramer sagte er:

«Das hat mir mehr weh getan als dem Kurt.»

Paul wanderte im Gleisbett der Schmalspurbahn ‹Rollbock› – Schritt für Schritt auf den Bahnschwellen – nach Reichenbach. Den Eltern hatte er nichts gesagt.

In Reichenbach, in der Reichsstraße, ging er in den Gasthof «Gambrinus» und bestellte sich eine Tasse Fleischbrühe. Geld hatte er keines.

Die Wirtin sagte:

«Kostet nichts.»

Ausgeruht wanderte er auf den Bahnschwellen zurück nach Oberheinsdorf.

Die Mutter und das Kindermädchen Ruth hatten ihn überall im Dorf gesucht. Schon im Garten kam ihm die Mutter entgegen, sie hatte ihn kommen sehen.

«Geh ins Haus zu Vater. Er wartet auf dich.»

Der Vater zog ihn nur zu sich heran und sagte:

«Das machst du nie wieder – einfach weggehen.»

Im August 1939 hatte Werner Ruttig seinen Einberufungsbefehl bekommen. Er mußte ab 1. September am Krieg der Hitler-Wehrmacht gegen Polen teilnehmen.

Elisabeth sagte zu ihrem Mann:

«Alfred hat mir gesagt: ‹Werner ist Ende September schwer verwundet worden.› Er liegt im Lazarett.»

«Wo?»

«In Breslau. Alfred ist hingefahren. Er sagt: ‹Werner geht es nicht gut.› Ein Glück, daß du mit deinem Herzklappenfehler nicht zu den Soldaten mußt.»

Hans Kramer sagte:

«Ist der Herzklappenfehler ein Glück?»

Auf dem Bauernhof von Karl Meyer, Meyes Karl, machte Paul Kramer Entdeckungen. Vom Grasmäher, der von zwei Pferden gezogen wurde, mußte er sich fernhalten. Aber den Duft des frischgemähten Grases behielt er im Kopf.

Auch dem Heuwender, den ein Pferd zog, durfte er nur vom Wiesenrand zusehen. Aber er mischte sich unter die Mägde, die am Ende das frische Heu zu Haufen zusammenharkten. Er legte sich in die Heuhaufen, mitten in den beruhigenden Duft, bis die Haufen mit dem Heulader auf die Wagen geschoben wurden.

Der Knecht, der auf dem Wagen das Heu verteilte, erlaubte Paul, zu ihm hinaufzuklettern. So fuhr er bis auf den Hof vor die Scheune.

Aufregender kam Paul die Getreideernte vor. Er lief auf dem Stoppelfeld hinter der Mähmaschine her, vor die drei Pferde gespannt waren. Die Mähmaschine, ein Selbstbinder, warf die Garben ab. Ein Knecht hob sie mit einer langen Gabel auf die Kornfuhre. Ein langsames Ochsengespann zog die Fuhre. Ein zweiter Knecht verteilte auf dem Wagen die Garben.

Auf diesen Wagen wollte Paul nicht klettern. Der erste Knecht setzte ihn auf einen Ochsen, sagte zweimal: «Halt dich fest!», und Paul ritt auf den Hof.

Den Pferden auf der Koppel näherte sich Paul nicht,

obwohl sie ganz ruhig grasten. Im Pferdestall waren sie angebunden.

Im Kuhstall sah er der Bäuerin beim Melken zu. Wie sie breitbeinig auf dem Melkschemel hockte und die Kuh molk – das ekelte ihn.

Im Schweinestall der Kartoffeldämpfer roch gut, die Jaucherinne stank abstoßend. Daß die Schweine mit den Vorderbeinen im Trog standen, aus dem sie doch fraßen, konnte Paul nicht verstehen.

Im Wohnhaus von Meyes Karl kannte Paul nur den geräumigen Vorraum und die große Stube. Er durfte manchmal mit der Bäuerin Klara, ihrem Mann Karl und mit den Mägden und Knechten an einem Tisch sitzen und zu Mittag essen.

Seine Mutter hatte ihm allerdings gesagt, er solle mittags nach Hause kommen.

Als er wieder einmal nicht nach Hause gekommen war, schickte sie das Kindermädchen Ruth los, Paul zu suchen. Sie ging auch zu Karl Meyer.

Die Bäuerin Klara, die Ruth kommen sah, sagte zu Paul:

«Schnell, versteck dich unterm Sofa, die Ruth kommt!»

Paul kroch unters Sofa. Er konnte Ruths Füße sehen.

Sie sagte:

«Ist der Paul da?»

«Nein», sagte die Bäuerin.

Der Bauer Karl Meyer, Meyes Karl, rauchte Stumpen.

Er fragte Paul:

«Willst du auch einen?»

Paul bekam einen Stumpen, Meyes Karl gab ihm Feuer.

Paul atmete den Rauch ein, mußte husten, zog noch einmal, ihm wurde schlecht.

Meyes Karl lachte.

Paul lief nach Hause. Er machte sich in die Hose und mußte sich übergeben.

An einem Nachmittag sah Paul zu, wie Meyes Karl das Silo für Sauerfutter ausfegte. Das Silo war fast drei Meter tief. Eine Leiter reichte vom Rand bis zum Siloboden.

Meyes Karl rief:

«Willst du zu mir ins Silo kommen?»

Paul wollte und kletterte die Leiter hinunter.

Meyes Karl kletterte mit dem Besen hinauf, zog die Leiter hoch und ging weg.

Paul stand verloren im Silo.

Nach zwanzig Minuten kam Meyes Karl zurück und ließ die Leiter hinunter.

Paul konnte aus dem Silo klettern.

Nacht. Paul wachte auf und schrie.

Die Mutter kam ins Zimmer und machte das Licht an.

Paul:

«Ein Gespenst! Im Zimmer ist ein Gespenst!»

Die Mutter:

«Was redest du da. Es gibt keine Gespenster.»

«Ich höre es atmen!»

Die Mutter guckte in alle Ecken.

Sie guckte unter Pauls Bett.

Da lag Strolch, der irische Setter. Er schlief.

Der Wagner, andernorts Stellmacher genannt: ein großer hagerer Mann. Er trug eine blaue Stoffschürze.

Auf dem Hof ein neuer Lieferwagen mit Deichsel, aber noch ohne Zugbaum. An beiden Achsen links und rechts Rungen zur Stützung der seitlichen Leitern.

Das Wunderwerk Wagenrad. Wie gelingt es, die Speichen gleichmäßig mit Nabe und Radkranz zu verbinden. Wie schafft es der Schmied, den eisernen Radreifen paßgenau um den Radkranz zu legen.

In der Werkstatt zwei fertige Handwagen. An der Werkstattwand neue kurze und lange Leitern.

Der Oberheinsdorfer Wagner baute auch Möbel. Regale, einfache Tische, Stühle, Hocker, Fußbänke, die er Hitschen nannte. Aber Türen und Fensterrahmen überließ er dem Bautischler in Hauptmannsgrün.

Der ewige Duft des Holzes.

Im Alter von fünf Jahren beschloß Paul, Wagner zu werden.

Der Bäcker, genannt «der Bäck»: ein großer rundlicher Mann mit weißer Schürze und einer weißen Kappe. Er beschäftigte zwei Gesellen und einen Lehrling, die alle weiße Schürzen und Kappen trugen.

Die Backstube im Winter vom Backofen warm, aber im Sommer sehr heiß. Paul durfte auf einem Schemel in der Backstube sitzen.

Der Bäcker bugsierte Bretter voller Brote in den Laden, runde Brote und lange.

Der Geselle trug den Korb mit den Semmeln.

Die Bäckersfrau rief nach den Kuchen. Butterkuchen, Streuselkuchen, Pflaumenkuchen.

In der Backstube ein ständiges Hin und Her.

Draußen Bauersfrauen, die ihre Kuchenbleche brachten. Blechkuchen zum Ausbacken.

Der Duft von Brot.

Aber Bäcker wollte Paul nicht werden.

Lautes Stimmengewirr drang durch das offene Fenster ins Zimmer.

Paul wachte auf.

An der Zimmerwand der Widerschein des Feuers.

Er stand auf, ging zum Fenster.

Der Hof des benachbarten Bauern Michael Meyer, Meyes Michel, brannte lichterloh.

In einiger Entfernung die lauten Männer der Oberheinsdorfer Feuerwehr. Sie taten nichts.

Ein Schlauch von der Motorspritze zu dem abseits gelegenen Löschteich.

Hans Kramer zog sich etwas über und lief zu den Feuerwehrleuten.

Die Mutter kam in Pauls Zimmer und schloß das Fenster. Sie sagte:

«Leg dich wieder hin. Uns passiert nichts.»

Am Morgen beim Frühstück sagte Hans Kramer:

«Die Feuerwehrleute haben gesagt: ‹Die neue Spritze geht nicht. Wir können nichts machen.› Die stecken doch mit Meyes Michael unter einer Decke. Heißer Abriß heißt das. Versicherungsbetrug.»

Elisabeth:

«Was willst du machen?»

«Nichts. Das ist Sache der Versicherung. Der Meyes Michel war gestern gar nicht zu Hause. Er ist vorgestern mit seinem Traktor weggefahren.»

Elisabeth:

«Wie kann er dann gestern das Feuer gelegt haben?»

Hans Kramer:

«Da wissen die Bauern Bescheid. An eine Kerze wird eine Zündschnur gebunden, die ins Heu führt. Der Bauer stellt die Kerze in die Scheune, zündet sie an und verschwindet. Wenn die Kerze bis zur Zündschnur abgebrannt ist, läuft der Funken ins Heu. Nachweisen kann man das nicht. Kerze und Zündschnur verbrennen vollständig.»

Seit Herbst 1939 dachte Hans Kramer über einen Umzug in die Stadt Reichenbach nach.

Er sagte zu seiner Frau:

«Meine Kinder sollen einmal aufs Gymnasium gehen. Von Oberheinsdorf aus geht das nicht. Fürs Geschäft ist der Umzug auch besser. Ich muß nicht jedes Mal nach Reichenbach fahren, wenn ich einen Kundentermin habe.»

Elisabeth Kramer sagte:

«Unser schönes Haus. Wir wohnen erst fünf Jahre darin.»

«Ich muß es verkaufen. Es ist inzwischen zu klein mit den vier Kindern. In der Stadt werden wir auch ein schönes Haus haben.»

«Dort kannst du nicht mehr mit Strolch durch den Wald gehen.»

«Ich kann am Wochenende nach Oberheinsdorf fahren.»

Das schöne Haus in Reichenbach war bald gefunden.

Eine Villa.

Sie war eine Zeitlang unbewohnt gewesen und bedurfte der Sanierung und Renovierung.

Damit konnte im Frühjahr 1940 begonnen werden.

Hans Kramer sagte zu seiner Frau:

«Die Sanierung und Renovierung, die Innenausstattung – ich weiß nicht, wo mir der Kopf steht. Abgesehen von den Kosten, ich kann das alleine nicht organisieren. Schließlich muß ich mich ums Geschäft kümmern. Ich engagiere einen Architekten, der alles in die Hand nimmt.»

Elisabeth Kramer:

«Was meinst du mit Innenausstattung. Wir haben doch unsere Möbel.»

«Wir brauchen andere Möbel, andere Lampen, andere Vorhänge, andere Teppiche. Ich kann die Villa nicht mit unseren alten Sachen einrichten. Unser Haus verkaufe ich mit allem Inventar, außer den Betten. Die Villa hat andere Dimensionen. Und sie verlangt einen anderen Stil.»

«Ach, du mein Gott!»

«Möbel, Geschirr und Besteck besorge ich selbst. Das macht mir sogar Spaß.»

«Wovon willst du das alles bezahlen. Der Verkauf unseres Hauses bringt das nicht ein.»

«Ich nehme einen Kredit auf. Meine Bank in Reichenbach macht das.»

«Nimmst du unseren Architekten Pfabe?»

«Ja. Aber vorher kümmere ich mich um den Wasser- und Stromanschluß. Und um die Heizung. Die Heizkörper und der Heizkessel müssen überprüft werden. Das kann nur ein Fachmann machen. Es muß der Schornsteinfeger kommen, nachsehen, ob der Schornstein in Ordnung ist. Und ich muß Koks bestellen, damit der Heizkessel zur Probe angeheizt werden kann.»

Am 9. April 1940 überfiel die deutsche Wehrmacht Dänemark und Norwegen.

Elisabeth Kramer fragte ihren Mann:

«Warum?»

Hans Kramer sagte:

«Wir brauchen die norwegischen Häfen für den Kampf gegen England.»

«Auch noch gegen England?»

«Und wir müssen die Zugänge zur Ostsee kontrollieren. Aber vor allem brauchen wir den eisfreien Hafen von Narvik zur Verschiffung von Eisenerz aus Kiruna in Schweden für unsere Rüstung.»

«Und Dänemark?»

«Die dänischen Flugplätze und die dänische Eisenbahn werden gebraucht zur Versorgung unserer Truppen in Norwegen.»

Mitte April 1940 begann die Renovierung der Villa.

Der Architekt Pfabe engagierte und kontrollierte die Handwerker.

Parkettfußböden und Dielen wurden abgeschliffen. Die Fenster bearbeitet und gestrichen. Die Räume tapeziert und gestrichen.

Im Souterrain wurde eine geräumige Zweizimmerwohnung für ein Hausmeisterehepaar eingerichtet.

Nach der Generalreinigung wurden die Lampen und der Kronleuchter im Speisezimmer aufgehängt. Fenster geputzt, Stores und Vorhänge angebracht, die Teppiche in den Salons, im Herren- und Speisezimmer ausgerollt, ein Teppichläufer im Treppenhaus verlegt.

Schließlich die neuen Möbel, die Hans Kramer in den Deutschen Werkstätten Dresden-Hellerau gekauft hatte, im Herrenzimmer, im Speisezimmer, in den Salons und im Wintergarten aufgestellt.

Zuletzt das neue Tafelgeschirr von Hutschenreuther in Selb und das neue Silberbesteck von der Württembergischen Metallwarenhandlung WMF in Geislingen im Speisezimmer in die Schränke geräumt.

Am 10. Mai 1940, abends bei einem Glas Wein, sagte Hans Kramer zu seiner Frau:

«Unsere Wehrmacht ist in Holland, Belgien, Luxemburg und Frankreich einmarschiert.»

Elisabeth Kramer:

«Vor einem Monat Dänemark und Norwegen. Jetzt Holland, Belgien, Frankreich. Müssen wir da nicht Angst haben? Neunzehnhundertachtzehn haben wir gegen Frankreich verloren. Mein Vater war damals Soldat. Die Mutter hatte immer Angst um ihn. Der Werner war am Kriegsende erst zwei Jahre alt, ich sieben.»

Hans Kramer:

«Ich glaube nicht, daß wir Angst haben müssen.»

Elisabeth Kramer sagte:

«Neunzehnhundertvierzig haben die Eltern den Fritz wieder besucht. Im Auto sind sie hingefahren, die Mutter und der Vater, am sechsten Juni. Ich wollte mit, aber ich konnte nicht, wegen der Kinder. Sind sie alleine gefahren. Schlecht soll der Fritz ausgesehen haben, kein Wunder, immerhin war er schon zehn Jahre in der ‹Landes-Heil- und Pflegeanstalt für Geisteskranke zu Untergöltzsch›, der ‹Irrenanstalt Rodewisch›. Den Kuchen, den die Mutter ihm mitgebracht hatte, wollte er nicht, und gesagt hat er wenig. Jedenfalls hat sie viel geweint und wollte den Fritz nach Hause holen.

Ein halbes Jahr später, ich war gerade bei den Eltern zu Besuch, kam dieser Brief. Er kam aus Hartheim. Der ‹Reichsanstalt› Hartheim, bei Linz an der Donau.

Der Vater las ihn und brachte kein Wort heraus. Er hielt ihn vor sich hin. Ich weiß noch, die Mutter sagte: ‹Was steht da drin.›

Er gab ihr den Brief. Sie las und fing zu weinen an. Ich nahm ihr den Brief aus der Hand. Es stand drin, daß Fritz an Lungenbluten verstorben ist und eingeäschert wurde. Die Urne schicken sie.

Die Mutter hat gesagt: ‹Als wir den Fritz zuletzt besucht haben, war er doch nicht lungenkrank. Warum denn Linz. So weit weg. So weit weg.›

Jahrzehnte später erfuhren wir, daß er am 30. Juli 1940 in die ‹Heil- und Pflegeanstalt Zschadraß› bei Leipzig überstellt und am 10. September ‹in eine andere Anstalt verlegt› wurde, aber das war nicht Hartheim bei Linz, sondern Sonnenstein bei Pirna. In sechs psychiatrischen Anstalten hatte das Naziregime ab 1940 zur systematischen Tötung geistig Kranker Vergasungs- und Verbrennungsanlagen installiert. Eine dieser Tötungsanstalten war Sonnenstein. Einen Tag nach der Einlieferung, am 11. September 1940, ist Fritz dort vergast und verbrannt worden.

Es gehörte zur Nazipraxis, die Angehörigen der Opfer über den Ort des Todes im Unklaren zu lassen. Man wollte vermeiden, daß sie dort hinreisen, um der Toten zu gedenken. Deshalb waren die Todesnachricht und die Urne unter der Absenderadresse Hartheim an die Eltern geschickt worden.

Ins sächsische Pirna wären sie vielleicht gereist, aber nach Österreich nicht.»

In den Sommerferien 1940 fand der Umzug statt.

Hans Kramer hatte unmittelbar vor dem Umzug an seine Kunden eine Drucksache verschickt mit dem Text:

Meine Anschrift lautet ab sofort:
Reichenbach i. Vogtl., Heinsdorfer Str. 36
Fernruf 2573

Heil Hitler!
Hans Kramer, Wolle

Das meiste Inventar, außer den Betten, blieb im Oberheinsdorfer Haus zurück.

Die Räume der Villa im Hochparterre – Salon, Herrenzimmer, Speisezimmer, Wintergarten – waren vollständig neu eingerichtet.

Im Obergeschoß das erste Kinderzimmer für Paul und Thea, das zweite Kinderzimmer für Georg und Kurt, mit einem Schreibpult im runden Turmgelaß und einem Tisch und Stühlen in der Zimmermitte.

Das große Schlafzimmer – Elternschlafzimmer mit zwei Waschbecken und großem Wandspiegel und mit einem Einbauschrank.

Im Badezimmer ein neuer kupferner Zylinderbadeofen.

Eine Bodenkammer im Dachgeschoß für das Kindermädchen Ruth, eine andere für das Dienstmädchen im Pflichtjahr, Hanna.

Das Pflichtjahr war 1938 eingeführt worden. Frauen unter 25 Jahren – sogenannte Pflichtjahrmädel – waren verpflichtet, ein Jahr lang in der Landwirtschaft oder bei einer kinderreichen Familie zu arbeiten, um sich auf die Rolle als Hausfrau und Mutter vorzubereiten. Ausgenommen waren Frauen mit Kindern. Für eine Lehre oder Ausbildung mußte das Pflichtjahr nachgewiesen werden.

Bald nach dem Einzug gab Hans Kramer zur Feier des neuen Zuhauses zwei Essen: eines für die Geschäftskunden und deren Frauen, ein zweites für den NSDAP-Kreisleiter Alfons Hitzler mit zwei seiner Parteigenossen und für den Reichenbacher NSDAP-Ortsgruppenleiter Felix Vieweg und dessen Frau.

Bei beiden Mahlzeiten wurde ein typisch vogtländisches Gericht aufgetragen: Hasenbraten auf Speck, Weißwein und saurer Sahne, dazu Klöße aus rohen Kartoffeln, sogenannte Griegeniffte.

Als Tischwein wurde Mosel serviert, Hans Kramers Lieblingswein, den er sich kistenweise von einem Winzer liefern ließ.

Nach dem Essen baten er und seine Frau Elisabeth die Gäste ins Herrenzimmer zu Cognac, Likör, Zigarren und Zigaretten.

Kreisleiter Hitzler sagte zu Hans Kramer:

«Eine feste Burg ist Ihre Villa.»

Ortsgruppenleiter Vieweg sagte, zu Elisabeth Kramer gewandt:

«Eine gute Wehr für Sie und die Kinder.»

Pünktlich zum Anfang des Schuljahres 1940 wurden Georg und Kurt in Reichenbach eingeschult, in die Hans-Schemm-Schule, benannt nach dem 1935 verstorbenen Hans Heinrich Georg Schemm, NSDAP-Gauleiter der Bayerischen Ostmark, Reichswalter des Nationalsozialistischen Lehrerbunds (NSLB) und Bayerischer Kultusminister.

Georg kam in die dritte Klasse, Kurt in die zweite. Der Schulweg von der Villa bis zur Schule in der Altstadt war nicht weit.

Eines Morgens auf dem Weg zur Schule sah Kurt eine Ratte aus einem Gully klettern. Sie sprang auf den Bürgersteig und lief an der Hauswand entlang. Er hinter ihr her. Die Ratte war schneller, aber er ließ nicht von ihr ab. Daß er zur Schule mußte, war in diesem Moment vergessen.

Schließlich blieb die Ratte in der Ecke eines Treppenaufgangs ausweglos stecken. Kurt trat auf sie ein, bis sie leblos liegenblieb.

Er kam zu spät zum Unterricht und sagte zum Lehrer:

«Ich entschuldige mich. Ich mußte erst noch eine Ratte tottreten.»

Ende September 1940 erschien ein junger Mann in der Villa. Er meldete sich bei Hans Kramer. Der ging mit ihm zum Hausmeister Zschieschner und sagte:

«Der Mann arbeitet ab heute bei uns im Garten. Sie übernehmen seine Verpflegung, das bezahle ich Ihnen extra. Er kommt jeden Morgen und geht abends in sein Quartier zurück.»

Paul, der im Garten spielte und dem Mann beim Umgraben zusah, ging zutraulich zu ihm und fragte:

«Wie heißt du?»

«Pierre. Und wie heißt du?»

«Paul.»

Pierre sprach mit einem Akzent.

Paul sagte:

«Wo bist du her?»

«Aus Sélestat.»

«Wo ist das?»

«Im Elsaß. In Frankreich.»

«Und warum bist du in Reichenbach?»

Pierre wußte nicht, wie er dem fünfjährigen Paul erklären sollte, daß er als ‹ziviler› Zwangsarbeiter von der deutschen Besatzungsbehörde in Sélestat nach Deutschland zwangsverpflichtet worden war. Er sagte:

«Ich soll hier arbeiten.»

«Wo wohnst du?»

«In einer Baracke auf einem Fabrikgelände.»

Auch Hans Kramer konnte Paul nicht verständlich erklären, was ein ‹ziviler› Zwangsarbeiter ist, der in einem Zivilarbeiterlager hauste.

So blieb es dabei: Paul begegnete Pierre fast jeden Tag. Sie sprachen in den Pausen miteinander, und Paul sah zu, wie Pierre mit dem Hausmeister im Park arbeitete. Denn Hans Kramer hatte beschlossen, die Phantasielandschaft im südlichen Teil des Parks einzuebnen. Die Einfassungen der Wege, die Blumenrabatten, Steingärten und Farninseln sollten entfernt, die Eisenbrücke abgebaut werden. Der eingeebnete Parkteil sollte sich in eine Rasenfläche verwandeln. Auf der östlichen Seite der Villa wurden Gemüse- und Erdbeerbeete angelegt.

Pierre zog morgens in der Wohnküche des Hausmeisters Zschieschner Arbeitskluft und Arbeitsschuhe an.

Nach dem Frühstück am Küchentisch rauchte er eine Zigarette. Er rauchte nur im Keller, weil er fürchtete, jemand könnte ihn im Park rauchen sehen und ihn fragen, von wem er die Zigarette bekommen habe.

In der Mittagspause saß Pierre in der Hausmeisterwohnküche am Tisch und aß mit dem Hausmeisterehepaar. Paul saß manchmal dabei und trank eine Limonade.

Zschieschner war Pfeifenraucher. Tabak hatte er am Monatsende keinen mehr. Die 19 Gramm Rauchtabak und die drei Zigarren, die es monatlich auf die Tabakkarte gab, waren längst aufgeraucht. Zigaretten, von denen es monatlich 48 Stück gab, mochte er nicht. Er sammelte sie, um sie gegen Lebensmittel einzutauschen. Aber mittags gab er Pierre stets drei Zigaretten ab.

Paul sagte dabei einmal:

«Aus gutem Grund ist Juno rund.»

Den Spruch hatte er von seinem Vater gehört.

Der Hausmeister lachte.

«Schön gesagt, Paul.»

Die Zigaretten, die er Pierre überließ, waren natürlich keine Juno. Zschieschner rauchte am Monatsende in seiner Kurzpfeife getrocknete Rosenblätter.

Die Gartenarbeit war nicht Pierres einzige Arbeit. Er mußte an der Teppichstange Bettvorleger, Abtreter und große Teppiche klopfen. Zu Paul sagte er:

«Geh beiseite, sonst schluckst du den Staub.»

Neben der Garage stand der Kaninchenstall. Pauls Eltern liebten Kaninchenbraten.

Pierre mußte die Kaninchen füttern und die Buchten ausmisten. Frisches Grünfutter pflückte er am Parkrand, vor allem Löwenzahn. Frisches Stroh gab ihm der Hausmeister.

Der hatte ihm auch gezeigt, wie man Kaninchen schlachtet. Paul hatte zugesehen.

Der Hausmeister packte das Tier mit der Linken an den Ohren, hielt es vor sich hin und versetzte ihm mit der Rechten einen Handkantenschlag ins Genick. Dann band er die Hinterpfoten des betäubten Tiers an eine

Leitersprosse, schnitt ihm den Hals auf, damit es ausblutete, schlitzte das Fell an den Hinterläufen auf und zog es über Ohren und Kopf ab. Er schnitt den Bauch auf und holte die Innereien heraus.

Als Pierre sich am Wochenende daranmachte, ein Kaninchen zu schlachten, ging Paul weg. Er wollte das nicht noch einmal sehen.

Im Winter 1940 mußte Pierre zum ersten Mal Schnee räumen: auf dem breiten Rundweg, der um die Villa führte, auf der Abzweigung des Rundweges zur Garage und auf dem Bürgersteig vor dem Villengrundstück.

Er trug eine alte Joppe, die der Hausmeister ihm überlassen hatte.

Und er karrte täglich ausreichend Koks aus dem Kokskeller in den Heizungskeller.

Das Parktor und der Parkzaun mußten im Frühjahr 1941 gestrichen werden.

Der Hausmeister und Pierre entfernten mit Drahtbürsten die alte Farbe, zuerst auf der Straßenseite. Den Anstrich mit Mennige überließ der Hausmeister schon Pierre. Der Anstrich mit dunkelgrünem Lack, Stab für Stab, auf der Park- und auf der Straßenseite dauerte Wochen. An manchen Tagen half der Hausmeister.

Im Garten sollte eine Schaukel aufgestellt werden. Dem Bau sah Paul von Anfang an zu.

Das Zubehör – die Balken für das Gerüst, die Haken

für die Querbalken, die Seile mit den Hakenringen und den lederbezogenen Schaukelringen, das Schaukelbrett – hatte Hans Kramer liefern lassen. Dazu eine Gitterschaukel für die dreijährige Thea.

Der Hausmeister wußte, wie es zu machen ist, und Pierre, der ihm zur Hand ging, arbeitete tagelang am Schaukelbaum.

Paul durfte als erster auf die Schaukel. Pierre schob ihn an.

Im Alter von zehn Jahren mußten alle Jungen zum Deutschen Jungvolk. Das Jungvolk erfaßte die Jungen zwischen zehn und vierzehn Jahren. Anschließend wurden sie in die Hitler-Jugend übernommen.

Das Ziel des Jungvolks war die nationalsozialistische Indoktrination, die Erziehung zur Loyalität gegenüber Hitler und die vormilitärische Ausbildung. Die Mitglieder des Jungvolkes hießen Jungvolkjungen oder Pimpfe.

Bevor die zehnjährigen Jungen Pimpfe werden konnten, mußten sie die Pimpfenprobe bestehen, auf die sie in Heimnachmittagen, auf dem Sportplatz und in Zeltlagern vorbereitet wurden.

Das Unternehmen Ringk & Werner, eine Feintuchweberei, das nicht weit von der Villa entfernt war, hatte auf dem Fabrikgelände einen Sportplatz und ein Schwimmbad für die Arbeiter und Angestellten bauen lassen. Der siebzehnjährige Sohn des Fabrikanten Werner, ein sportlicher, ehrgeiziger Junge, war Jungvolk-Fähnleinführer; er befehligte hundertzwanzig Jungen. Auf dem Sportplatz des väterlichen Unternehmens trainierte er die Zehnjährigen, um sie auf die Pimpfenprobe vorzubereiten.

Die Pimpfenprobe verlangte sieben Leistungen, von

denen vier auf dem Sportplatz trainiert wurden: ein 70-Meter-Lauf in 15 Sekunden, ein Weitsprung von 3,50 Metern, ein Schlagballweitwurf von 25 Metern, schließlich die Fähigkeit, eine Minute lang die Luft anzuhalten. Außerdem mußte jeder Junge an einer eintägigen Fahrt teilnehmen.

Am 22. Juni 1941 überfiel die deutsche Wehrmacht die Sowjetunion.

Einen Tag nach dem Überfall sagte Hans Kramer zu seiner Frau:

«Wir sind in Rußland einmarschiert.»

«Jetzt auch Rußland?»

«Ja.»

«Aber Rußland ist groß.»

«Ein Kontinent.»

«Es gab doch Neununddreißig einen Friedens...»

«Nichtangriffspakt.»

«Vielleicht haben die Russen ...»

«Nein. Wir.»

«Müssen wir jetzt Angst haben?»

«Jetzt müssen wir Angst haben.»

Georg wurde 1941 zehn Jahre alt und mußte zum Jungvolk. Er brauchte viele Trainingsstunden, ehe er die sportlichen Anforderungen erfüllen konnte. Er war – mit einem Wort – unsportlich. Sportlichere Jungen hänselten ihn.

Die übrigen Leistungen wurden an Heimnachmittagen in der Villa von Ringk & Werner geübt: die Kenntnis vom Aufbau und von der Führerschaft des Deutschen Jungvolkes, die Kenntnis des Deutschlandliedes, des Horst-Wessel-Liedes und des HJ-Fahnenliedes, schließlich die Kenntnis der «Schwertworte des Jungvolkjungen».

Dieser Teil fiel Georg leichter. Er konnte aufsagen, daß eine Jungenschaft aus zehn bis fünfzehn Jungvolkjungen, ein Jungzug aus drei Mannschaften, ein Fähnlein aus vier Jungzügen, ein Jungstamm aus vier Fähnlein und ein Jungbann aus fünf Jungstämmen besteht.

Alle Strophen der geforderten Lieder konnte er sich nicht merken, obwohl die Lieder an jedem Heimnachmittag gesungen werden mußten.

Die «Schwertworte des Jungvolkjungen» gefielen ihm gar nicht; er hatte Mühe, sie auswendig zu lernen:

Jungvolkjungen sind hart, schweigsam und treu.
Jungvolkjungen sind Kameraden.
Des Jungvolkjungen Höchstes ist die Ehre.

Bei der Prüfung sagte er nur die ersten Strophen der Lieder auf, das genügte dem Fähnleinführer. Die erste Strophe des Deutschlandliedes ohne Stocken. In der ersten Strophe des Horst-Wessel-Liedes verhaspelte er sich immer bei «SA marschiert», weil er sich nicht erklären konnte, warum die SA vorkam; das hatte der Fähnleinführer nicht gesagt. Die erste Strophe des HJ-Liedes unterbrach er nach der Zeile «Mögen wir auch untergehen».

Georg bestand die Pimpfenprüfung. Das Ergebnis wurde in sein DJ-Leistungsbuch eingetragen.

Nach der bestandenen Jungvolkprüfung durfte Georg die Jungvolkuniform anziehen, die er nicht gerne trug: eine kurze schwarze Hose im Sommer, dazu Kniestrümpfe, dunkle Schuhe, halbe oder hohe, eine lange schwarze Hose im Winter. Ein schwarzes Lederkoppel mit Koppelschloß. Ein langärmeliges Braunhemd, ein langes schwarzes Halstuch mit einem Lederknoten unterm Kinn. Einen Schulterriemen von der Lederkoppel auf der linken Seite über die rechte Schulter unter der Achselklappe. Ein Fahrtenmesser in einem Tragegeschirr am Koppel hinten auf der linken Hüfte. Das Fahrtenmesser wollte er nicht tragen.

Der Fähnleinführer sagte nach der Prüfung, die Pimpfe sollten sich öfter die Zeitschrift «Der Pimpf» kaufen. Da stünden viele Abenteuergeschichten drin. Der Chefredakteur, der Hauptschriftleiter genannt wurde, hieß Herbert Reinecker.

Georg mußte nun in der Jungvolkuniform zum Dienst antreten.

Der Fähnleinführer Werner übte auf dem Gelände der väterlichen Fabrik das Exerzieren. Er marschierte gerne mit seinem Fähnlein durch die Stadt, links zwo drei vier. Die Fahne flatterte voran.

Er unternahm mit seinem Fähnlein nächtliche Ausmärsche; im Zeltlager wurden Lagerfeuer angezündet, das Fähnlein hockte sich um die Feuer und sang Lieder. In den Zelten schliefen die Jungvolkjungen auf Stroh, denn sie waren «hart».

An schönen Tagen veranstaltete der Fähnleinführer anstrengende Geländespiele; das Fähnlein wurde in zwei Gruppen eingeteilt: die Feinde und wir. Weniger anstrengend verliefen die Schnitzeljagden.

Aber Georg mochte sich nicht mit den Feinden prügeln. Er schlief auf Stroh schlecht. Er konnte am Feuer nicht singen. Die Märsche im Gleichschritt durch die Stadt fand er blamabel; er hoffte immer, seine Eltern und seine Großeltern und seine Tanten würden ihn nicht sehen. Die Exerzierstunden auf dem Fabrikgelände von Ringk & Werner strengten ihn sehr an.

Er bat seinen Vater, ihn vom Jungvolkdienst zu erlösen.

Hans Kramer sprach mit dem Fabrikanten Werner. Dessen Sohn, der Fähnleinführer, möge Georg vom Dienst freistellen, krankheitshalber. Er leide an Herzschwäche. Man könne das mit einem ärztlichen Attest belegen.

So kam es, daß Georg nur noch zu den Heimnachmittagen des Fähnleins gehen mußte. Einige Pimpfe aus Arbeiterfamilien beschimpften ihn als Flasche.

Am 27. September 1941 war Reinhard Heydrich, der Chef des «Reichssicherheitshauptamtes», zum «Stellvertretenden Reichsprotektor von Böhmen und Mähren» ernannt worden. Konstantin von Neurath blieb formal Reichsprotektor und wurde von Hitler beurlaubt.

Heydrich hatte seinen Dienstsitz in der Prager Burg genommen.

Paul Ruttig meinte:

»Das lassen sich die Tschechen nicht gefallen.»

Am 27. Mai 1942 wurde Reinhard Heydrich in Prag schwer verletzt und starb acht Tage später.

Paul Ruttig las in der Zeitung vom Staatsbegräbnis Heydrichs.

Hans Kramer sagte:

«Ein Attentat.»

Paul Ruttig:

«Ich hab's dir gleich gesagt.»

Ilse Jahn, eine entfernte Verwandte von Hans Kramer, besuchte 1942 die Familie in Reichenbach. Sie war die Tochter des früheren Ministerialdirektors Ernst Jahn, der Anfang der dreißiger Jahre im Innenministerium der thüringischen Landesregierung beschäftigt gewesen war.

Ilse Jahn sprach unter vier Augen mit Hans Kramer. Sie sagte:

«Als Wilhelm Frick von Januar Neunzehnhundertdreißig bis April Einunddreißig thüringischer Staatsminister für Inneres im Kabinett von Erwin Baum war, da konnte es mein Vater kaum mit ihm aushalten. Damals hat er zu meiner Mutter gesagt: ‹Du müßtest nur dessen bösen, falschen Blick sehen.›

Seit Mai Neunzehnhundertdreiunddreißig war Willy Marschler thüringischer Ministerpräsident. Mein Vater hat zu mir gesagt:

‹Ich sollte jetzt in die NSDAP eintreten. Aber das wollte ich nicht. Da wurde ich in den Ruhestand versetzt. Ich lebte in Weimar so dahin.

Am dreizehnten Mai Achtunddreißig saß ich mit dem Exministerialrat Reischauer und mit Doktor Schreiner beim Doppelkopf im ‚Erbprinz'. Wir wurden Zeugen einer Prügelei zwischen dem betrunkenen Ministerpräsidenten Marschler und dem ehemaligen OB Stegmann, den Marschler verletzte. Wir haben Marschler aufgefordert, sich bei Stegmann zu entschuldigen und Stegmanns Sakko zu ersetzen, das zerrissen worden war. Aber Marschler weigerte sich höhnisch und verließ mit seinen Kumpanen, darunter der Erfurter Polizeipräsident Pflomm, das Restaurant.

Am nächsten Tag wurden Reischauer, Schreiner, ich und Stegmann von der Gestapo verhaftet und ins KZ Buchenwald eingeliefert. Mir war sofort klar, daß Marschler den Vorfall im ‚Erbprinz' vertuschen wollte. Nach vier Wochen wurden wir alle vier aus dem Lager entlassen.

Was ich dort erlebt habe, kann ich nicht beschreiben.

Ich mußte unterschreiben, daß ich zu niemandem über das Lager sprechen werde. Aber ich erzähle es dir.›»

Ilse Jahn sagte zu Hans Kramer noch:

«Und ich erzähle es dir.»

Hans Kramer hatte ihr wortlos zugehört.

Am Abend sagte er seiner Frau, was er von Ilse Jahn erfahren hatte.

Im Herbst 1942 kam Paul endlich in die Schule. Er ging in die Schule, die Georg und Kurt seit 1940 besuchten. In Pauls Ranzen waren die Schiefertafel, das Schieferkästchen und eine Dose mit dem Schulbrot.

Er mochte die Schiefertafel. Die flache Tonschieferplatte mit dem Holzrahmen, die auf der einen Seite Zeilen, auf der anderen Rechenkästchen hatte. Im Holzrahmen war ein kleines Loch. Seine Mutter hatte einen langen Bindfaden daran befestigt. Am Bindfaden hing ein runder feuchter Schwamm, der aus dem Ranzen hängen mußte.

Im Schieferkästchen verschiedene Schieferstifte und ein Anspitzer. Der Schaft der Schieferstifte mit bunt gemustertem Papier beklebt.

Paul schrieb gerne mit dem frisch angespitzten Schieferstift auf die Schiefertafel. Er konnte die vollgeschriebene Tafel mit dem feuchten Schwamm abwischen. Er mußte ein bißchen warten, bis sie wieder trocken war.

Im November 1942 wußte es Hans Kramer.

Er sagte zu seiner Frau:

«Unsere sechste Armee und verbündete Truppen, hauptsächlich Rumänen, sind in Stalingrad von den Russen eingeschlossen worden.»

«Wie viele Soldaten sind das?»

«Über dreihunderttausend Mann.»

«Und das im Winter. Wie können die Männer versorgt werden?»

«Vielleicht durch die Luftwaffe. Vielleicht gar nicht.»

«Wer ist im Kessel General?»

«Paulus.»

«Was macht er jetzt?»

«Er macht weiter. Und wartet auf Hilfe.»

Im Sommer wurde im Garten unter der alten Kastanie der Eßtisch gedeckt. Georg und Kurt, die Thea ärgern wollten, hatten eine Puppe aus Theas Puppenstube auf eine Servierplatte gelegt, mit Petersilie umrandet und neben ihren Teller plaziert.

Paul spielte stundenlang mit Thea. Im Garten legten sie für die Puppen einen Gemüsegarten an.

Mit Kurt spielte er kaum noch, mit Georg gar nicht. Sein bester Spielkamerad war Thea.

Paul und Thea hatten in der Villa ein gemeinsames Zimmer. Elisabeth Kramer brachte die beiden zu Bett und sprach mit ihnen ein Gebet – «Lieber Gott, mach mich fromm, daß ich in den Himmel komm» oder «Ich bin klein, mein Herz ist rein, soll niemand drin wohnen als …», hier folgten die Namen aller Familienangehörigen, «… allein.»

Manchmal sang sie ein Schlaflied: «Müde bin ich, geh zur Ruh, schließe meine Augen zu, Vater, laß die Augen dein über meinem Bette sein.» Sie kannte nur die erste Strophe und wußte nicht, daß das Lied von Luise Hensel stammt.

Nach dem Gebet oder Schlaflied war für Thea und Paul Erzählzeit. Abend für Abend sponnen sie die Puppenstubenfamilie fort zu einer regelrechten Familienserie.

Am Nikolaustag, abends, versammelte sich die Familie in der Treppenhalle. Es kam, als Knecht Ruprecht verkleidet, der Kramer-Großvater Oswald.

Thea fürchtete sich und setzte sich auf den Schoß ihrer Mutter.

Die Brüder standen in einer Reihe vor Knecht Ruprecht.

Georg stieß Kurt an und flüsterte ihm ins Ohr:

«Opa.»

Oswald Kramer fing an:

«Von drauß' vom Walde komm ich her;
Ich muß euch sagen, es weihnachtet sehr!
Allüberall auf den Tannenspitzen
Sah ich goldene Lichtlein sitzen …»

Hier stockte er.

Georg rief:

«Und droben aus dem Himmelstor …»

Aber das half ihm nicht weiter. Er sagte:

«Brav, mein Junge.»

Die Tanne am Weihnachtstag reichte bis zur Decke des Speisezimmers.

Thea bekam eine große Puppenstube.

Die Brüder Georg, Kurt und Paul bekamen eine elektrische Eisenbahn.

Hans Kramers Lieblings-Weihnachtslieder, gespielt vom Grammophon: «Fröhliche Weihnacht überall» und «Süßer die Glocken nie klingen».

Elisabeth Kramer sang mit.

Bei der Zeile «… 's ist, als ob Engelein singen wieder von Frieden und Freud» blickte Elisabeth zu Hans Kramer.

Er wandte den Kopf ab.

Hans Kramer und seine Frau hörten im Radio eine Sondermeldung des Oberkommandos der Wehrmacht:

Die 6. Armee in Stalingrad habe unter der vorbildlichen Führung von Paulus bis zum letzten Atemzug gekämpft, aber sei einer russischen Übermacht erlegen.

Elisabeth Kramer:

«Was heißt das! Sind alle tot?»

Hans Kramer:

«Es klingt so.»

«Über dreihunderttausend Soldaten?»

«Unvorstellbar.»

«Geht es jetzt zu Ende?»

«Noch nicht.»

Hans Kramer kam von einer Dienstreise zurück. Durch die Windschutzscheibe sah er seinen Sohn Kurt am Rand des Villadaches entlangspazieren. Es stockte ihm der Atem.

Er fuhr bis vor den Haupteingang, eilte die Treppen hinauf bis zum Dachboden, stieg durch eine Luke auf das Dach und rief Kurts Namen.

Kurt wandte sich seinem Vater zu, verließ den Dachrand und kam zu ihm gelaufen. Hans Kramer war nicht in der Lage, etwas zu sagen. Die beiden stiegen vom Dach.

Zu seiner Frau sagte er:

«Der Junge ist so ungebärdig, er tanzt mir auf der Nase herum. Kurt braucht eine strenge Zucht. Das schaffe ich nicht mehr. Ich gebe ihn vor dem nächsten Schuljahr in eine Erziehungsanstalt. In eine Napola. Am besten nach Schulpforta. Das ist nicht so weit. Dort ist er im Internat unter Aufsicht, lernt wie auf dem Gymnasium und hat Leibesübungen als Hauptfach.»

Schulpforta ging aus dem Zisterzienserkloster Marien-Pforte hervor und liegt an der Saale zwischen Naumburg und Bad Kösen. Nach der Säkularisation des Klosters gründete Herzog Moritz von Sachsen 1543 in den Klostergebäuden die Internatsschule Schulpforta. Es folgte die Gründung der Internatsschulen St. Afra in Meißen und St. Augustin in Grimma. Diese drei sächsischen Fürstenschulen waren die leistungsfähigsten staatlichen Einrichtungen im protestantisch-deutschsprachigen Raum, die die Schüler auf die Universitäten vorbereiteten.

Zwischen 1933 und 1944 wurden in Deutschland 38 «Nationalpolitische Erziehungsanstalten» (NPEA, auch Napola genannt) gebildet, Eliteschulen zur Herausbildung des nationalsozialistischen Führernachwuchses. Schulpforta, 1935 in eine «Nationalpolitische Erziehungsanstalt» umgewandelt, blieb Napola bis zum Einmarsch der Amerikaner im April 1945.

Seit seiner Kindheit litt Hans Kramer an einem Herzklappenfehler. Sein Gesundheitszustand verschlechterte sich 1943 zusehends. Schon früher hatte er sich Heilkuren unterziehen müssen, in Mergentheim, Kudowa, Kissingen, Steben. Jetzt in Orb.

Am 5. Mai 1943 war er nach Worms und Lahr gereist, um Geschäftsfreunde zu treffen.

Am 8. Mai traf er in Orb ein.

Am 9. Mai schrieb er an seine Frau:

Meine liebe Elisabeth!
Ich bin gestern Abend ganz gut hier gelandet. Das Kurhotel liegt in tiefster Einsamkeit ganz für sich allein.
Orb soll überbesucht sein. Aber es ist mir schleierhaft, wo sich die Leute aufhalten. Man sieht außer den Bewohnern resp. Gästen des Kurhotels niemanden. So einsam habe ich es mir nicht vorgestellt.
Das Kurhotel ist sehr schön und sehr sauber. Heute Mittag gab es Spargelsuppe, Hähnchen und Stangenspargel, Salat und Eis.
Es liegt paradiesisch, dieses Kurhaus Orb. Mergentheim, selbst Steben oder gar Kudowa sind dagegen Stätten wüstester Geselligkeit. Das Leben in Kudowa erscheint mir atemberaubend, von Kissingen

ganz zu schweigen. Ich weiß nicht, ob ich die hiesige Einsamkeit ertrage. Sicher nur, wenn der ärztliche Befund ein guter ist. Wenn der Arzt mir Schlimmes sagen muß, dann weiß ich allerdings nicht, wie ich es hier – allein mit mir und meinen Gedanken – aushalten soll.
Bitte, liebe Elisabeth, schicke mir doch von den Kindern und Dir Bilder. Aber bitte bald. Und schreibe mir oft. Ich benehme mich mit meinem Heimweh mehr als kindisch. Aber es kommt manchmal so über einen, wenn man nicht recht gesund ist.
Der Empfang in Worms und in Lahr war überaus herzlich. Freitag abend war ich bis 11 Uhr bei Baldaufs zu Gast.
Man war rührend besorgt um mich. Baldauf ist mir ein guter Freund geworden.

Am 10. Mai 1943 schrieb Hans Kramer:

Meine liebe Elisabeth!
Ich komme eben vom Arzt. Er hat mir einige Hoffnung gemacht, kann aber Näheres erst in ein paar Tagen sagen.
Zunächst muß ich bis Mittwoch früh das Bett hüten. Um 1/4 8 am Mittwoch soll ich wieder zu ihm kommen, weil er sehen will, wie mein Herz früh arbeitet.
Inzwischen darf ich nur Haferschleim essen, weil ich es wieder mit dem Magen habe, was aber angeblich

nichts mit dem Herz zu tun haben soll. Den Haferschleim für heute Abend habe ich bekommen, als er bereits kalt war.
Schön ist das alles nicht, ich wollte, ich wäre daheim bei meiner lieben Elise. Wenn man so den ganzen Tag allein im Bett liegt und es kümmert sich keiner um einen. Ich werde es aber ertragen, weil ich wieder einigermaßen gesund werden will.
Milch gibt es keine, das dauert allein sechs Wochen, bis es genehmigt ist. Der Kaffee wird meistens schwarz serviert.

Am 11. Mai 1943 schrieb Hans Kramer:

Meine liebe Elisabeth!
Wenn ich an Dich schreibe, bin ich wie daheim, deshalb schreibe ich Dir gerne.
Ich habe eben Mittag gegessen. Man ist im Hotel seit heute morgen sehr bemüht um mich. Weshalb der Umschwung stattfand, kann ich nicht ergründen. Ich denke, daß ich morgen wieder normal essen kann, hoffentlich. Zunächst hüte ich das Bett, deshalb meine unschöne Schrift.
Wann ist denn Muttertag? Ich habe mich erkundigt: Es gibt hier radikal nichts. Sei aber meiner ganzen Liebe versichert. Mehr kann ich Dir zur Zeit nicht bieten.
Du sollst aber zu Fräulein Dings (?) nach Mylau gehen, Deine Garderobe in Schwung bringen lassen

und Neues besorgen, damit Du fertig bist, wenn es nach Karlsbad geht.

Hier ist gar nichts los, das heißt ich brauche auch nichts.

Man sieht vom Speisesaal aus auf eine sehr schöne Landschaft. Trotz alledem – Heimat bleibt Heimat, und unsere Heimat ist nun einmal unser liebes Vogtland.

Ich bemühe mich ernstlich, so viel Gesundheit wie möglich von hier mitzunehmen, aber daheim gefällt's mir am besten.

Es ist eben ½ 1 Uhr, eine lange Zeit bis morgen früh liegt vor mir.

Aber ich will nicht jammern angesichts der Kameraden, die im Felde stehen. Um Albert Greiner ist es ewig schade. Das war ein feiner Kerl.

Das Hotel ist übrigens gar nicht voll. Vier Musiker bemühen sich hin und wieder mit wenig Erfolg, Musik zu machen. Es klingt laut und schaurig.

Mach Dir keine Sorgen wegen meines Jammerbriefes.

Der Arzt meint, ich könnte siebzig Jahre alt werden.

Zunächst muß ich ein paar dunkle Stunden durchkosten.

Es grüßt und küßt Dich und die Kinder herzlichst

Dein Hans.

Am 14. Mai machte sich Elisabeth Kramer auf die Reise nach Orb, wo sie am 15. Mai vormittags ankam. Sie blieb eine Woche.

Hans Kramer sagte ihr nicht, daß er nur wenig Hoffnung auf eine Besserung seines Gesundheitszustandes hege, obwohl er ihr das Gegenteil geschrieben hatte.

Er sagte ihr, was er nicht geschrieben hatte, weil er meinte, daß er das nur unter vier Augen sagen, aber aus Vorsicht nicht schreiben könne:

«Ich fürchte mich. Der Krieg überall in Europa. Die Behandlung der Juden. Die KZs. Stalingrad. Die vielen Toten. Das sind Verbrechen! Ich habe meine besten Jahre Verbrechern geopfert.»

«Das sagst du jetzt!»

«Ich habe Angst um dich und die Kinder. Die Schuld kommt über uns alle. Die Bombenangriffe sind erst der Anfang. Und da fragt Goebbels, ob wir den totalen Krieg wollen. Der Krieg ist längst total, gegen Deutschland.»

Elisabeth Kramer sagte:

«Du darfst dich nicht aufregen. Es ist zu spät.»

Nach seiner Rückkehr aus Orb ging es Hans Kramer sehr schlecht. Am 3. Juni 1943 mußte er in das Heinrich-Braun-Krankenhaus in Zwickau eingeliefert werden.

Drei Wochen später fuhr Kurt allein nach Schulpforta zur Aufnahmeprüfung der Napola. Am 3. Juli kam er zurück. Er hatte die Prüfung bestanden.

Mitte Juli konnte Elisabeth Kramer ihren Mann aus dem Krankenhaus abholen; er durfte übers Wochenende zu Hause sein.

Nach einer weiteren Woche im Krankenhaus wurde Hans Kramer entlassen. Elisabeth Kramer fuhr ihn mit dem Auto am 7. August zur ambulanten Untersuchung bei Dr. Litzner und am 14. August zur ambulanten Untersuchung bei Dr. Miske nach Zwickau.

Am 15. August, einem Sonntag, kam Dr. Miske nach Reichenbach. Er ordnete für den folgenden Tag die Einweisung ins Krankenhaus an. Elisabeth Kramer begleitete ihren Mann.

An diesem Montag kam Thea in die Schule. Sie ging an der Hand ihrer Tante Gerda zur Einschulungsfeier. Auf der Reichsstraße, direkt neben Thea, hielt plötzlich ein Krankenwagen. Elisabeth Kramer hatte neben dem Fahrer gesessen und den Wagen anhalten lassen.

Gerda lief mit Thea auf die Straße. Der Fahrer öffnete die Hecktüre, und Thea kletterte in den Wagen. Hans

Kramer sprach einige Minuten mit ihr, dann fuhr der Wagen weiter.

Zwei Tage später, am 18. August, fuhr Elisabeth Kramer mit Thea nach Zwickau ins Heinrich-Braun-Krankenhaus. Thea durfte nicht mit ins Krankenzimmer ihres Vaters. Sie mußte auf dem Flur warten. Als Elisabeth Kramer die Tür des Zimmers öffnete, sah Thea ihren Vater im Bett sitzen.

Am Morgen des 21. August 1943 erwachte Paul von tierischen Schreien.

Es war seine Mutter. Sie war gerade angerufen worden: Ihr Mann sei in der Nacht verstorben.

Hans Kramer wurde sechsunddreißig Jahre alt.

Am 24. August 1943 die Beerdigung.

Der offene Sarg war in der Trauerhalle aufgebahrt. Der Körper des Toten über und über mit Rosen bedeckt.

Georg und Kurt standen stumm und starr bei Elisabeth Kramer, die unaufhörlich weinte.

Thea an der Hand ihrer Tante Gerda. Gerda hob sie hoch, so daß sie die Hand ihres Vaters berühren konnte. Für sie war die Berührung ein Trost.

Gerda hob auch Paul hoch, aber der wollte das tote Gesicht des Vaters nicht sehen, schon gar nicht dessen Hand berühren. Für ihn war der Duft der Rosen der Geruch des Todes.

Für Georg war der Tod des Vaters wie das Ende seines Lebens.

Drei Tage nach der Beerdigung ihres Mannes schickte Elisabeth ihren Sohn Kurt mit dem Fahrrad nach Mylau. Er sollte bei der Schneiderin ein schwarzes Kleid abholen.

Das Rad war zu groß für ihn. Er konnte noch nicht auf dem Sattel sitzen, sondern trat im Stehen in die Pedale.

Kurt sagte:

«Auf der Rückfahrt, an der Ecke der Langgasse, die steil von der Bahnhofstraße runterkommt, dachte ich, es wäre schön, einmal die Langgasse bergab zu fahren. Ich habe das Rad die Langgasse hinaufgeschoben, habe mich an der Ecke Bahnhofstraße aufs Rad gesetzt und bin losgefahren. Ich konnte mit meinen Füßen die Pedale nicht erreichen. Unten an der Kreuzung bin ich gestürzt und mit der Stirn aufs Pflaster geschlagen. Aber ich bin gleich wieder aufgestanden und habe das Rad geschoben. Das schwarze Kleid war noch auf dem Gepäckhalter. Plötzlich habe ich gemerkt, daß mir Blut übers Gesicht läuft. Ich bin in ein Haus gegangen, habe an einer Wohnungstür geklingelt und habe gesagt:

‹Machen Sie mir bitte ein Pflaster drauf.›

Sie haben mir das Gesicht gewaschen und ein Pflaster auf die Stirn geklebt.

‹Sollen wir dich nach Hause bringen.›

‹Nein, ich geh alleine.›»

Elisabeth Kramer sagte:

«Das war am siebenundzwanzigsten August Dreiundvierzig. Am ersten September, zum Schulbeginn, sollte der Kurt in Schulpforta sein. Vier Tage vorher kam er mit blutiger Stirn nach Hause. Die Wunde hat aufgeklafft.

Die Elfriede, die nach dem Tod von Hans bei uns war, ist mit ihm ins Krankenhaus gegangen. Da haben sie ihn genäht. Mußte der Kurt mit der Kopfwunde nach Schulpforta. Am dritten September ist er gefahren.»

Drei Wochen nach Hans Kramers Beerdigung kam sein Vater, Oswald Kramer, zu Elisabeth. Er sagte:

«Der Hans hat immer so schöne Anzüge getragen, aus besten Stoffen – was machst du damit?»

«Nichts», sagte Elisabeth Kramer. «Sie hängen im Schrank, und da bleiben sie.»

«Das ist schade. Du könntest sie mir geben.»

«Die passen dir doch gar nicht.»

«Ich lasse sie ändern.»

Elisabeth Kramer schwieg.

Wochen später gab sie ihrem Schwiegervater zwei Anzüge.

Oswald Kramer sagte:

«Und die anderen?»

«Die bleiben im Schrank.»

Georg vertraute seiner Mutter nicht mehr seit einem Vorfall in der Küche der Villa.

Er hatte nach der Schule mit Kurt am Küchentisch gesessen und zu Mittag gegessen. Elisabeth Kramer stand am Abwaschbecken. Das Kindermädchen Ruth mußte Teller abtrocknen.

Ein Hutschenreuther-Suppenteller rutschte Ruth aus den Händen und zerbrach auf den Fliesen.

Wütend drehte Elisabeth Kramer sich um.

Sie schrie:

«Du dummes Stück! Der war von meinem Mann!»

Und schlug ihr mit einem nassen Lappen ins Gesicht.

Ruth brach in Tränen aus, ließ das Wischtuch fallen und rannte aus der Küche.

Georg sprang vom Tisch auf und rannte ihr nach.

Kurt blieb reglos sitzen.

Ruth rannte aus der Diele die Kellertreppe hinunter, lief in den Kokskeller und hockte sich auf einen umgestülpten Korb. Sie weinte ununterbrochen.

Georg stand hilflos vor ihr.

Elisabeth Kramer hatte ihren Kindern versprochen, ihnen von ihren Einkäufen in der Stadt etwas mitzubringen. Bei ihrer Rückkehr waren alle vier im Zimmer von Georg und Kurt im oberen Stockwerk der Villa.

Sie rief in der Treppenhalle: «Ich bin wieder da!», und ging in die Küche.

Georg, Kurt und Paul stürmten aus dem Zimmer und rannten treppab. Thea lief ihnen hinterher. Nach dem Treppenpodest auf mittlerer Höhe, unter dem Bleiglasfenster, legten sich die Jungen bäuchlings auf den Handlauf des Treppengeländers und rutschten bis zum Ende der Treppe hinunter. Thea tat es wie ihre Brüder, verlor die Balance und stürzte kopfüber auf das Parkett der Halle.

Das Kindermädchen Ruth kam aus der Küche gelaufen, hinter ihr Elisabeth Kramer und die Jungen. Thea lag bewußtlos auf dem Boden. Ruth nahm sie behutsam auf, trug sie ins Wohnzimmer und legte sie auf den Tisch.

Elisabeth Kramer rief Dr. Trommer an.

Der kam schnell. Zuerst legte er Thea in eine stabile Seitenlage. Auf ihrer Stirn hatte sich von der einen bis zur anderen Seite ein dicker Bluterguß gebildet.

Dr. Trommer sagte:

«Sie hat mit Sicherheit eine Gehirnerschütterung. Sie braucht einige Tage Bettruhe. Den Bluterguß müssen Sie kühlen. Eiswürfel in ein Handtuch wickeln und ein Mal pro Stunde für fünfzehn Minute auf die Stirn legen.»

Thea war inzwischen aus der Ohnmacht erwacht. Alle standen um sie herum.

In der Küche auf dem Tisch lagen Waffeln mit Haselnußmus, die die Kinder schon lange nicht mehr bekommen hatten.

Aber die Brüder rührten die Waffeln nicht an.

Seit dem Tod von Hans Kramer litt Paul an schweren Asthmaanfällen.

Elisabeth Kramer brachte Paul zur Kur nach Bad Reichenhall im Berchtesgadener Land. Am 1. November 1943 fuhren sie los und brauchten einen ganzen Tag.

In Bad Reichenhall kannten die Kramers eine Familie, bei der Paul unterkommen konnte. Die Familie besaß ein Haus mitten im Ort. Die Hausherrin und ihre Schwägerin lebten allein im Haus. Der Hausherr war an der Front, der Sohn als Gebirgsjäger in einer Reichenhaller Kaserne.

Paul bezog ein großes Zimmer, in dem auch seine Mutter übernachten sollte.

Die Hausherrin schlug vor, am nächsten Tag einen Ausflug auf den Reichenhaller Hausberg, den Predigtstuhl, zu unternehmen.

Es war Pauls erste Fahrt mit einer Seilbahn. Vom Gipfel des Predigtstuhls bot sich eine faszinierende Aussicht auf Reichenhall und die Bergwelt ringsum.

Am zweiten Tag ging die Hausherrin mit Paul und seiner Mutter zum Gradierwerk, dem Freiluftinhalatorium. Sie spazierten die Wandelgänge entlang. Anschließend wanderten sie zum Kurhaus und meldeten Paul für Inhalationen an.

Am dritten Tag, gegen 19 Uhr, fuhr Elisabeth Kramer

ab. Es war vereinbart worden, daß Paul den ganzen Monat November in Bad Reichenhall bleiben sollte.

Paul fühlte sich einsam und bekam Heimweh. Die Hausherrin versuchte, ihn aufzumuntern. Sie bat ihren Sohn, der ein begeisterter Bergsteiger war, von seinen Bergtouren zu erzählen.

Sie wanderte mit Paul und ihrer Schwägerin zu einer Bergvilla, die ganz aus Holz gebaut war. Sie besuchten dort alte Freunde, zwei ältere Frauen. Verwandte von Waffen-Walther, wie sie sagte.

Die Walther-Waffenwerke stellten im thüringischen Zella-Mehlis Schußwaffen für die Wehrmacht und die Polizei her, vor allem die Kaliber-9mm-Pistole P38 und die Polizeipistolen PP und PPK.

Am wolkenlosen Tagen beobachtete Paul große Pulks von Flugzeugen. Sie flogen sehr hoch und waren nicht zu hören. Ihre Kondensstreifen blieben lange am Himmel stehen.

Waren es Amerikaner?

Waren es Engländer?

Woher kamen sie?

Wohin flogen sie?

Schulpforta: Der strenge Tagesablauf, der militärische Drill, die Mutproben, die die Schüler ablegen mußten – das alles gefiel Kurt nicht. Er schrieb nach Hause, daß er von Schulpforta wegmöchte. Aber Elisabeth Kramer beruhigte sich damit, daß Kurt in Schulpforta versorgt war. Er mußte bleiben.

In den Ferien lebte er auf: mit den Brüdern und der Schwester im Garten der Villa. Er sagte:

«Das Schlimmste war: Wir mußten im Drillichzeug ...»

Paul:

«Drillich?»

«Das ist der Stoff ... in der Drillichuniform und mit Tornister auf dem Rücken dreißig Meter schwimmen. Der Stoff saugt sich voll Wasser, und der Tornister drückt, daß du denkst, du säufst ab. Aber ich hab's geschafft.

Oder mit schwerem Gepäck fünf Kilometer marschieren. Zum Schluß Handgranaten-Zielwerfen.

Eines hat unsere Zehnergruppe nicht geschafft: nachts mit Karte, Taschenlampe und Kompaß einen bestimmten Treffpunkt im Wald suchen. Wir kriegten einen Riesenanschiß.»

Georg:

«Das ist ja wie bei den Soldaten.»

Kurt:

«Wir sollen Soldaten werden. Sogar Offiziere.»

Georg:

«Das ist nichts für mich.»

Kurt:

«Für mich auch nicht.»

Am 3. Dezember 1943 fuhr Elisabeth Kramer nach Bad Reichenhall, um Paul abzuholen. Wieder dauerte die Fahrt einen ganzen Tag.

Paul war froh, daß es endlich nach Hause ging.

Schon am nächsten Vormittag reisten sie ab.

In Freilassing mußten sie in den Zug nach München umsteigen. Der Zug war überfüllt. Elisabeth Kramer setzte sich auf Pauls Koffer, er setzte sich auf den Fußboden des Abteils.

Kurz vor München blieb der Zug auf freier Strecke eine Stunde lang stehen.

Im Münchner Hauptbahnhof wußte niemand etwas von einem Anschluß nach Nürnberg. Elisabeth Kramer und Paul blieben auf dem Bahnsteig. Sie setzten sich auf den kalten Boden. Auf dem Bahnsteig ein Gewimmel von Wartenden.

Endlich der Zug nach Nürnberg. Diesmal ergatterten sie Sitzplätze. Der Zug ungeheizt. Die Reichenhaller Bekannten hatten belegte Brote und eine Thermoskanne mit Pfefferminztee mitgegeben. Sie aßen von den Broten und tranken Tee. Ein vielleicht fünfjähriges Mädchen, das neben Paul saß, bettelte um einen Schluck Tee.

Die Fahrt von München nach Nürnberg dauerte mit vielen Stops vier Stunden.

Nürnberg eine Trümmerwüste. Paul blickte erschreckt und stumm auf die Ruinen.

«Bomben», sagte Elisabeth Kramer.

Auch der Bahnhof zum großen Teil zerstört. Aber es fuhren Züge; Elisabeth Kramer fand einen Zug, der nach Hof fahren sollte. Sie kamen nach drei Stunden in Hof an.

Hier kannte Elisabeth Kramer sich schon aus. Bis Reichenbach war es nicht mehr weit.

«Noch eine Stunde», sagte sie zu Paul.

Aber der Zug brauchte zwei Stunden.

Sie waren am Vormittag um 10 Uhr in Bad Reichenhall losgefahren. Gegen 23 Uhr kamen sie in Reichenbach an.

Zu Fuß vom Bahnhof bis nach Hause zu laufen, wollte Elisabeth Kramer sich und Paul mit dem Koffer nicht mehr zumuten. Sie fragte den Fahrer eines Lieferwagens, der vorm Bahnhof stand; der brachte die beiden für teures Geld bis zur Villa.

Weihnachten 1943 fuhr Elisabeth Kramer mit Georg, Kurt und Paul zum Mitternachtsgottesdienst nach Waldkirchen. Thea, die erst sechs Jahre alt war, mußte mit dem Kindermädchen Ruth zu Hause bleiben.

Thea war so wütend, daß sie im Wintergarten alle Pflanzen aus den Töpfen riß und auf den Fußboden warf.

Ruth kam in den Wintergarten. Thea saß trotzig auf dem Fußboden.

Ruth sagte:

«Thea, was hast du gemacht. Das tut doch den Pflanzen weh!»

Thea fing zu weinen an.

Ruth nahm sie in den Arm und sagte:

«Komm, ich bring dich zu Bett.»

Anfang 1944 kam das Ehepaar Hemmann in die Villa.

Die Hemmanns stammten aus Berlin. Sie waren wegen der Bombenangriffe evakuiert worden.

Herr Hemmann sagte:

«‹Umquartiert› nennen es die Behörden.»

Frau Hemmann sagte:

«‹Umquartiert› in die Zone sechs. Das heißt bei denen: ‹weitere Heimatzone› für ‹Nichterwerbstätige› und mindestens vier Stunden Bahnfahrt vom Heimatort entfernt. Wir sind von Berlin bis Reichenbach sieben Stunden gefahren. Eine Horrorfahrt. Umsteigen in Leipzig. Überfüllte Züge. Und das mit zwei Koffern. Zum Glück bekam mein Mann immer einen Sitzplatz, mit seinem kaputten Bein.»

Herr Hemmann sagte:

«Ihre Adresse in Reichenbach habe ich von einem Geschäftsfreund bekommen. Ich habe sie bei der Behörde angegeben.»

Elisabeth Kramer gab den Hemmanns das möblierte Turmzimmer und lud Frau Hemmann ein, die Küche zu benutzen wie ihre eigene. In der Küche könnten sie auch essen.

Herr Hemmann trug stets einen abgeschabten Zweireiher, ein weißes Hemd, eine Krawatte. Er hinkte. Ging aber kerzengerade, mit einem Gehstock.

Frau Hemmann sagte:

«Eine schwere Verwundung. Er hat eine Unterschenkelprothese. Aus der Wehrmacht entlassen. Für ihren Krieg nicht mehr zu gebrauchen. Sie sagen: Er ist nicht mehr kv, kriegsverwendungsfähig.»

Herr Hemmann blieb distanziert. Er wollte mit «Herr» angesprochen werden.

Frau Hemmann, die mindestens zehn Jahre jünger war als ihr Mann, sagte zu Elisabeth Kramer:

«Sie können mich duzen, ich heiße Ilse.»

Und zu den Kindern sagte sie:

«Sagt Ilse zu mir. Und du.»

Elisabeth Kramer nahm das gerne an. Sie sagte:

«Elisabeth.»

Die Kinder waren schnell dabei. Alle vier sagten ihre Namen auf.

«Ilsebilse», sagte Georg.

In Berlin besaß Herr Hemmann als Maßschneider ein eigenes Atelier.

In Unterreichenbach richtete er eine kleine Schneiderwerkstatt ein. Er schaffte es, die zuständige Behörde davon zu überzeugen, daß seine Werkstatt kriegswichtig sei. Wie er das erreicht hatte, vertraute er Elisabeth Kramer an. Es hätten dabei ein Ballen Kammgarn-Anzugsstoff und französischer Cognac eine Rolle gespielt. Und natürlich die Versicherung, er arbeite für die Wehrmacht.

Jedenfalls wurde ihm erlaubt, in einer Spinnerei einen

großen Raum zu mieten, in dem ein Zuschneidetisch, vier Nähmaschinen und ein Schreibtisch Platz finden konnten.

Elisabeth Kramer hatte ihre Schneiderin in Mylau gebeten, Herrn Hemmann Näherinnen zu vermitteln und gebrauchte Nähmaschinen zu organisieren, die er kaufte.

Schließlich engagierte Herr Hemmann vier Näherinnen. Sie arbeiteten gern für Herrn Hemmann; er bezahlte sie gut, und sie konnten in der Betriebskantine der Spinnerei zu Mittag essen.

Elisabeth Kramer, die durch den Wollhandel Verbindungen zu Reichenbacher Webereien besaß, erreichte, daß Herr Hemmann bei ihnen Stoffe und Garne kaufen konnte. Er hatte aus seinem Berliner Atelier auch Stoffe mitgebracht.

Tatsächlich arbeitete die Werkstatt auch für die Wehrmacht. Es wurden weiße, kurzärmelige Uniformhemden genäht, für die er den Stoff geliefert bekam.

In der Hauptsache aber fertigte Herr Hemmann Kleidung für Privatkunden. Ein großer Teil der Arbeit waren Ausbesserungen und Änderungen.

Aus abgelegten Uniformen schneiderte er für die Kramer-Kinder Ski-Anzüge.

Ilse Hemmann gab sich oft mit den Kindern ab. Sie setzte sich auf die Schaukel, schlug die Beine übereinander, zündete sich eine Zigarette an und erzählte von Berlin.

Sie sagte:

«Statt ‹ich› sagen die Berliner ‹ick›. Statt ‹auf› sagen sie ‹uff›. Und statt ‹gucken› sagen sie ‹kieken›: Ick sitze da un esse Klops. Uff eemal klopp's. Ick kieke, staune, wundre mir, uff eemal jeht se uff, de Tir. Nanu, denk ick, ick denk nanu. Jetzt isse uff, erst war se zu. Ick jehe raus un kieke, un wer steht draußen? Icke.»

Manchmal sang sie Schlager, die Ilse Werner sang: «Wir machen Musik» oder «Sing ein Lied, wenn du mal traurig bist». Manchmal spitzte sie die Lippen und pfiff wie Ilse Werner.

Sie sah anders aus als Elisabeth Kramer: Sie trug ein kurzes dunkles Kostüm und Stöckelschuhe. Oder ein halblanges buntes Kleid und Sandalen. Sie trug Bubikopf.

Mit Pierre sprach sie Französisch.

Am stärksten beeindruckt von Ilse Hemmann war Georg.

Das Wollgeschäft, das Elisabeth Kramer nach dem Tod ihres Mannes notdürftig fortgeführt hatte, wurde seit Jahren von der «Reichsstelle für Wolle Berlin» bestimmt.

Die «Reichsstelle» steuerte den Wollhandel im Interesse der Kriegswirtschaft und hatte die freien Geschäftsbeziehungen zwischen Wollhändlern und Textilindustrie eingeschränkt. Das Wollgeschäft lohnte sich nicht mehr.

Die Kosten für die Villa konnte Elisabeth Kramer kaum noch beschaffen. Die Heizung des großen Hauses hatte im Winter 1943/1944 den Koksvorrat aufgebraucht. An eine neue Kokslieferung war nicht zu denken; weder war Koks lieferbar, noch wäre er zu bezahlen gewesen.

Das Gehalt des Hausmeisters Zschieschner konnte sie nicht mehr aufbringen. Zwar durfte er im Souterrain wohnen bleiben, stellte aber seine Arbeit ein. Der Garten verwilderte.

Im Frühjahr 1944 entschloß sich Elisabeth Kramer, die Villa zu verkaufen.

Das Auto, für das ohnehin kein Benzin mehr aufzutreiben war, wollte sie, zusammen mit der Villa, loswerden.

Strolch, der Spielkamerad der Kinder, sollte unbedingt bleiben.

Elisabeth Kramer versuchte zunächst, die Villa an die NSDAP zu verkaufen.

Der Kreisleiter der Partei, Alfons Hitzler, kam aus Plauen mit drei Mitarbeitern in die Villa. Er überreichte ihr eine übergroße Schachtel Pralinen, saß mit ihr und seinen Mitarbeitern bei einem Glas Mosel zusammen und besichtigte anschließend die Villa. Am Ende sagte er, die Villa komme für die Partei nicht in Betracht.

Elisabeth Kramer mußte weitersuchen.

Seit dem Umzug von Oberheinsdorf nach Reichenbach mußte die Familie Kramer bei Fliegeralarm in den Keller, zumeist nachts.

Der an- und abschwellende Heulton der Alarmsirene jagte den Kindern Angst ein. Sie beeilten sich, aufzustehen, etwas überzuziehen, und liefen in den Luftschutzkeller, den Hans Kramer nahe dem Kellerausgang hatte einrichten lassen.

Die Kellerdecke mit dicken Pfosten abgestützt, Bänke rundum an den Wänden, Sitzkissen, einige Feldbetten, Wolldecken.

Elisabeth Kramer sagte:

«Die fliegen nur drüber.»

Georg fragte:

«Wohin?»

«Nach Süden.»

Durch die Vermittlung des Architekten Pfabe hatte Elisabeth Kramer einen Käufer für die Villa gefunden: das Deutsche Rote Kreuz in Berlin. Der Kaufvertrag kam am 31. Mai 1944 zustande.

Es wurde vereinbart, daß die Familie Kramer im oberen Stockwerk wohnen bleiben sollte, zur Miete. Das Dachgeschoß würde auch zu ihrer Wohnung gehören.

Die untere Etage, der Salon, das Herren- und Speisezimmer mit den Möbeln der Deutschen Werkstätten Dresden-Hellerau, mußte vollständig geräumt, die Lampen, Kronleuchter und Vorhänge abgehängt, die Teppiche weggenommen werden, auch die Hausmeisterwohnung im Souterrain war leer zu machen. Das Hausmeister-Ehepaar Zschieschner zog aus.

In der oberen Etage wurde im Vorzimmer des Büros eine Küche eingerichtet. Aus dem Büro wurde das Wohnzimmer der Familie.

Im Dachgeschoß konnten die Hemmanns das Turmzimmer behalten. Das Kindermädchen Ruth blieb in seiner Bodenkammer, ohne Bezahlung.

In der unteren Etage wurde vor dem Gang zur Küche eine Wand mit einer Eingangstür gebaut. Die Türen zum ehemaligen Salon und zum ehemaligen Wohnzimmer wurden verriegelt.

An der Außenwand der Villa zur Straßenseite hin

spannte der neue Eigentümer eine große Rotkreuzfahne.

Nach dem Verkauf mußte Pierre nicht mehr in die Villa kommen.

Auf dem Weg in die Schule kam Paul an einem alten Haus vorbei, das niedrige kleine Fenster hatte. Vom Bürgersteig konnte er in die Erdgeschoß-Zimmer sehen. Bei warmem Wetter standen die Fenster offen. In den Zimmern, die unmöbliert waren, hockten Frauen, die lange Röcke, wattierte Jacken und Kopftücher trugen. Die vorderen Enden der Kopftücher waren unter dem Kinn gekreuzt, nach hinten geschlagen und im Nacken verknotet.

Paul blieb manchmal vor dem Haus stehen. Er konnte nicht erkennen, ob die Frauen alt oder jung waren. Manche Frauen kamen zum Fenster und sagten etwas, das er nicht verstand. Es klang nicht unfreundlich und nicht freundlich.

Von den Frauen am Fenster und aus dem Zimmer kam ein Geruch, den er nicht kannte. Manche Frauen hatten in der Linken eine Handvoll Schafwolle, in der Rechten einen kurzen dünnen Stab. Zwischen Daumen und Zeigefinger der Linken zwirbelten sie aus der Wolle einen Faden, den sie auf den Stab in der Rechten rollten.

Einmal holte Paul aus seinem Ranzen einen Apfel und legte ihn auf das Fensterbrett. Die Frauen nahmen den Apfel nicht. Paul ließ ihn liegen und ging weiter.

Vom Hof des Nachbarhauses, der vom Villengrundstück durch eine hohe Mauer getrennt war, ertönten abends öfter schrille Gesänge von Frauenstimmen.

Elisabeth Kramer sagte:

«Russinnen. Fremdarbeiter.»

Sie machte Stullenpakete zurecht, die Georg und Kurt über die Mauer in den Nachbarhof warfen.

In Pauls Schulklasse gab es einen Jungen, der ein Krüppel war. Und blöde. So hieß es.

Der Junge war länger als die anderen, dünn und krumm. Er schlurfte, und er sabberte. Gesagt hat er nichts. Er gab Grunzlaute von sich, freudige oder schmerzliche. Von den Jungen in der Klasse wurde er in Ruhe gelassen.

Nicht von einem Lehrer. Dieser Lehrer war groß und dünn, er ging gebeugt.

In der Pause malte ein Junge eine Karikatur des Lehrers an die Wandtafel. Der Lehrer kam in die Klasse, sah auf die Tafel und rief den Blöden nach vorn. Obwohl er wußte, daß es der Blöde nicht gewesen sein konnte.

Aber der Junge, der die Wandtafel bemalt hatte, sagte nicht: «Das war ich.»

Und niemand sagte, wer es gewesen war.

Der Blöde mußte sich, das Gesicht zur Klasse gewandt, über einen leeren Banktisch in der ersten Reihe beugen. Der Lehrer holte seinen Rohrstock vom Pult und hieb ihm fünf oder sieben Schläge aufs dürre Gesäß. Bei jedem Schlag wackelte der Kopf des Blöden hin und her, aber er gab keinen Laut von sich. Beim letzten Schlag sackte der Blöde mit hochgerecktem Kopf auf den Tisch.

Der Lehrer liebte das Kopfrechnen. Er rief einen Jungen auf, stellte ihm eine Rechenaufgabe und wartete auf das

Ergebnis. Wußte der Junge, was herauskam, durfte er sich setzen. Einer der Jungen wußte nicht, was herauskam. Sein Banknachbar flüsterte das Ergebnis vor.

Der Lehrer rief:

«Wer war das?»

Er wußte, daß es der Blöde nicht gewesen sein konnte.

Der Blöde mußte nach vorn, der Lehrer hieb ihm sechs oder acht Schläge auf das knochige Gesäß.

Der Lehrer kam in die Klasse und setzte sich achtlos auf seinen Stuhl. Aber auf dem Stuhl lag der nasse Tafelschwamm.

Der Lehrer fuhr hoch und sagte leise zu dem Blöden:

«Komm her!»

Der Lehrer wußte nicht, ob es der Blöde gewesen war.

Der Blöde hätte es sein können, aber der Blöde war es nicht.

Der Blöde mußte sich über den Stuhl des Lehrers beugen.

Der Lehrer hieb ihm sieben oder neun Schläge auf das Gesäß. Beim letzten Schlag sackte der Blöde auf den Stuhl.

Danach wußte nur er, ob seine Hose von dem Schwamm naß war oder weil er in die Hose gemacht hatte oder von dem Schwamm und von dem Urin.

Am 21. März 1945 beachtete Elisabeth Kramer einen Fliegeralarm nicht, der um 9.45 Uhr ausgelöst worden war. Sie saß in der neuen Küche in der oberen Etage und bereitete das Mittagessen vor. Auch Georg, Kurt und Thea blieben in ihren Zimmern.

Nur Paul ging in den Keller. Er setzte sich neben das Kindermädchen Ruth.

Gegen 10 Uhr erschütterte ein ungeheurer Donnerschlag die Luft. Paul beugte sich nach vorn und drückte seinen Kopf auf die Knie des Kindermädchens. Sie schloß die Arme um seinen Kopf.

Schlag auf Schlag krampfte Paul sich zusammen. Der Schrecken schien kein Ende zu nehmen. Der Bombenangriff dauerte eine Minute.

Die Villa wurde nicht getroffen.

Nach der Entwarnung lief Paul zu seiner Mutter. Elisabeth Kramer saß noch immer am Küchentisch. In der Linken hielt sie eine halbgeschälte Kartoffel, in der Rechten den Kartoffelschäler. Erstarrt saß sie da.

Georg, Kurt und Thea hockten im Zimmer der Jungen stumm auf dem Fußboden.

Paul ging langsam die Treppe hinunter. Er mußte an die Luft.

Im Park auf dem Rundweg lag ein faustgroßes Stück

Metall, es sah zerrissen aus. Er hob es auf und ließ es fallen. Es war scharfkantig und heiß.

Plötzlich wünschte sich Paul, der Lehrer, der den verkrüppelten Blöden geschlagen hatte, sei von einem scharfkantigen heißen Bombensplitter zerrissen worden.

Er wollte sich in der Stadt umsehen und lief die Heinsdorfer und Reichsstraße entlang bis zur Straße Am Graben. Er sah Am Graben zerstörte Häuser, Schuttberge auf den Gehwegen.

Am nächsten Tag in der Schule sagte der Schulleiter in der Aula, ein Schüler sei bei dem feindlichen Luftangriff ums Leben gekommen.

Da wußte Paul, daß es den Falschen getroffen hatte.

Die Bücher der kleinen Bibliothek waren seit dem Umzug in die obere Etage der Villa noch nicht wieder ins Bücherregal gestellt worden. Elisabeth Kramer räumte im Wohnzimmer, das einst das Büro gewesen war, den ersten Karton aus.

Hans Kramers Lieblingsbuch seit Kindertagen: Robinson der Jüngere. Für die Jugend bearbeitet nach Joachim Heinrich Campe. Mit Farbdruckbildern. Neue Ausgabe. Erschienen in Reutlingen, bei Enßlins und Laiblins Verlagsbuchhandlung.

Auf die Vorsatzseite hatte er in großer Schreibschrift geschrieben: Hansi Kramer. Klasse 5.

1941 hatte er das Buch neu binden lassen.

Vielleicht durch «Robinson» angeregt, hatte Hans Kramer großes Interesse für Bücher über ferne Länder, über Entdeckungs- und Forschungsreisen.

Elisabeth Kramer stellte diese Bücher in einem separaten Regalfach zusammen:

Känguruhs, Kopra und Korallen. Fahrten und Erlebnisse in Australien und der Südsee, von A. E. Johann.

Wunderwelt der Südsee, von Arthur Berger.

Tramp und Farmer in USA. Fünf Jahre kreuz und quer durch die Staaten, von Georg Schönauer.

Samoa: Ein Bilderwerk. Herausgegeben und eingeleitet von Erich Scheurmann.

Der Ruf des Nordens. Abenteuer und Heldentum der Nordpolfahrer, von H.H. Houben.

Auf großer Fahrt. Meine Expedition mit Schweden, Deutschen und Chinesen durch die Wüste Gobi 1927–1928, von Sven Hedin.

Reise um die Welt in den Jahren 1803, 1804, 1805 und 1806 auf Befehl Seiner Kaiserlichen Majestät Alexander des Ersten auf den Schiffen Nadeshda und Newa unter dem Kommando des Capitäns der Kaiserlichen Marine A.J. von Krusenstern.

Im Herzen von Afrika, von Georg Schweinfurth.

Rätsel der Urwaldhölle. Vorstoß in unerforschte Urwälder des Amazonasstromes, von Otto Schulz-Kampfhenkel.

Auf der Flucht vor den Chinesen. Eine Geschichte aus Schantung und Deutsch-China, von Ernst Neumann.

Reise um die Welt, von Adelbert von Chamisso.

Der Erste war ein Deutscher. Kämpfer und Forscher jenseits der Meere, von Erich Mindt.

Seeteufel, von Felix Graf von Luckner.

Atomgewicht 500, von Hans Dominik.

John Workmann der Zeitungsboy. Eine Erzählung aus der amerikanischen Großindustrie, von Hans Dominik stellte Elisabeth Kramer einfach dazu.

Hans Kramer hatte auf die Titelseite «Meinen Söhnen gewidmet» geschrieben.

Alle anderen Bücher blieben noch in den Umzugskartons.

Die Schüler der Napola Schulpforta durften alle drei Wochen übers Wochenende nach Hause.

Anfang April 1945 fuhr Kurt nach Reichenbach. Auf der Bahnfahrt von Naumburg nach Leipzig fand er einen Sitzplatz.

Auf dem Bayerischen Bahnhof in Leipzig der Zug nach Reichenbach war überfüllt. In den Wagen standen die Fahrgäste dicht gedrängt. Kurt kam nicht in den Zug hinein.

Als die Abteiltüren kurz vor der Abfahrt geschlossen waren, stellte er sich mit dem Gesicht zur Tür auf ein Trittbrett. Mit der Linken hielt er sich an der Haltestange fest, mit der Rechten am Türgriff. Auf allen Trittbrettern standen Passagiere, meist Männer.

Wenn der Zug hielt, so in Gaschwitz, Böhlen, Neukieritzsch, konnte Kurt vom Trittbrett steigen.

Bei der Einfahrt in den Altenburger Tunnel preßte er sich gegen die Abteiltür in der Angst, die Tunnelwand könnte ihn fortreißen. Die Fahrt durch den Tunnel, der 375 Meter lang war, kam ihm unendlich vor.

Über Gößnitz, Crimmitschau, Werdau erreichte er endlich Reichenbach. Auf keinem Bahnhof war es ihm geglückt, in den Zug zu kommen.

Kurt fuhr nicht wieder nach Schulpforta zurück.

Die Amerikaner standen bereits in Gotha. Am 12. April beschoß die amerikanische Artillerie Schulpforta. Der Erker des Schulportals, das Mühlengebäude und die Krankenanstalt wurden getroffen. Die verbliebenen Bewohner waren in die Luftschutzräume geflüchtet.

«Die Amerikaner sind schon in Thüringen. Ich möchte nicht in der Stadt sein, wenn um Reichenbach gekämpft wird», sagte Elisabeth Kramer zu Ilse Hemmann. «Ich gehe mit den Kindern nach Oberheinsdorf, zu meinen Eltern. Die haben dort ein Haus. Ich habe mit ihnen telefoniert. Wir können kommen. Kommt doch mit!»

Ilse Hemmann sagte:

«Ich weiß nicht, ob mein Mann sich das zutraut, mit seinem Bein. Aber ich gehe mit.»

Elisabeth und das Kindermädchen Ruth nähten für Georg, Kurt, Paul und Thea aus alten Vorhängen leichte Rucksäcke, in denen sie Kleidung und Wäsche der Kinder verstaute.

Elisabeth packte zwei Koffer mit Bettwäsche und Kleidung. Alle wichtigen Papiere steckte sie in ihre Handtasche.

Am 10. April vormittags wurden die Koffer, die Rucksäcke und die Reisetasche von Ilse Hemmann auf einen Handwagen geladen. Elisabeth Kramer und die Kinder wanderten mit dem Kindermädchen und mit Ilse Hemmann nach Oberheinsdorf.

Das Kindermädchen kam bei Verwandten im Dorf unter.

In das Haus von Paul und Martha Ruttig zogen die Familie Kramer und Ilse Hemmann.

Herr Hemmann war in der Villa geblieben.

In der Nacht vom 10. zum 11. April 1945, kurz nach 23 Uhr, griffen über dreihundert Bomber der Royal Air Force die vogtländische Stadt Plauen an. Mehr als die Hälfte des Stadtgebietes wurde durch Spreng- und Brandbomben zerstört, mehr als neunhundert Einwohner wurden getötet. Es war der schwerste Bombenangriff auf Plauen seit September 1944. Plauen ist rund achtzehn Kilometer Luftlinie von Reichenbach entfernt.

Am 16. April 1945 besetzte das 347. US-Infanterie-Regiment die Stadt Plauen kampflos.

Am 17. April 1945 entschloß sich der Reichenbacher Oberbürgermeister Dr. Otto Schreiber, die Stadt Reichenbach an die Amerikaner zu übergeben. Der NSDAP-Ortsgruppenleiter Felix Vieweg hatte sich abgesetzt. Der Kampfkommandant ließ Dr. Schreiber freie Hand, und so fuhr der gegen 11 Uhr mit einem Feuerwehrauto, das vom Feuerwehrmann Hermann Thoß gelenkt wurde, und mit dem Polizei-Leutnant Walter Schreiner in Richtung Greiz. Sie trafen auf die Spitze der amerikanischen Truppen, und Dr. Schreiber erklärte einem Hauptmann die Übergabe der Stadt. Später, im Rathaus, traf ein US-Oberstleutnant ein, der mit ihm die Übergabebedingungen vereinbarte.

Oberheinsdorf wurde am 17. April 1945 von den Amerikanern besetzt. Es waren die Truppen des 353. Infanterie-Regiments, das zur 89. Division unter Generalmajor Thomas D. Finley gehörte. Die 89. Division war Teil der 3. US-Armee, die von General George S. Patton geführt wurde. Die 3. US-Armee hatte am 11. April das Konzentrationslager Buchenwald befreit.

An diesem 17. April saß Paul im Haus der Großeltern Ruttig am Wohnzimmerfenster und starrte auf die Straße, die aus Reichenbach ins Dorf führt. Die Erwachsenen hatten gesagt:

«Heute kommen die Amerikaner.»

Da tauchte ein Jeep auf, der langsam die Straße entlangfuhr. In dem Wagen war auf einem Stativ ein Maschinengewehr installiert. An dem Maschinengewehr stand ein Schütze, der die Waffe abwechselnd auf die Häuser links und rechts der Dorfstraße richtete.

Aus den Fenstern der Häuser hingen weiße Tücher.

Dem Jeep folgten Wagen mit Infanteristen, die Maschinenpistolen im Anschlag.

Die Truppen der deutschen Wehrmacht und der Volkssturm waren längst verschwunden.

Es fiel kein Schuß.

Vor dem Haus hielt ein Trupp amerikanischer Offiziere und GIs.

Die Großeltern Paul und Martha Ruttig, Elisabeth Kramer mit den vier Kindern und Ilse Hemmann mußten sich vor dem Hauseingang versammeln.

Die Amerikaner gingen ins Haus und sahen in alle Zimmer. Nach der Besichtigung erklärte ein Offizier in gebrochenem Deutsch, das Haus sei für Einquartierung beschlagnahmt, die Bewohner müßten das Haus verlassen.

Ilse Hemmann antwortete auf Englisch:

Die zwei alten Leute und die Mutter mit ihren vier Kindern – wo sollten die denn hin? Sie selber sei hier einquartiert, als Flüchtling aus Berlin. Sie könnten doch ein anderes Haus nehmen, in dem keine alten Leute und keine Kinder lebten.

Es war ein Wunder – die Amerikaner ließen sich darauf ein.

Seit dieser Stunde nannte Georg Ilse Hemmann «unsere Amerikanerin».

Am frühen Abend zogen viele Menschen die Dorfstraße entlang.

Die Frauen trugen lange Röcke, wattierte Jacken und Kopftücher. Die Männer trugen wattierte Jacken und wattierte Hosen.

Manche schwenkten lange Stöcke, an die sie Stoffetzen gebunden hatten. Ein Fetzen war ein schmutziges weißes Hemd. Ein anderer Fetzen war ein zerrissener roter Kopfkissenbezug.

Die Männer sangen ein Lied, das dunkel klang.

Die Frauen sangen ein Lied, das schrill klang.

Manche Männer und Frauen sangen lachend, manche sangen weinend.

Einige lachten nur, einige schrien nur.

Großvater Ruttig stand mit Georg, Kurt und Paul am Straßenrand.

Georg fragte den Großvater:

«Was singen die Männer?»

«Die Marseillaise. Die französische Hymne.»

«Und was singen die Frauen?»

«Das kenne ich nicht. Es ist vielleicht Russisch.»

«Wer sind alle diese Leute?»

«Fremdarbeiter. Zwangsarbeiter. Sie kommen von den Bauernhöfen.»

Paul rief:

«Seht mal! Da! Das ist Pierre.»
Paul schrie:
«Pierre! Pierre!»
Und er winkte wild mit den Armen.
Pierre lachte und winkte zurück.

Auf dem Platz vor der Bäckerei mußten die Dörfler ihre Waffen abliefern. Es kamen allerhand Jagdwaffen zusammen. Sogar alte Säbel landeten auf dem Haufen.

Kurt und Paul liefen zum Sportplatz. Da standen Panzer, Lastwagen und Jeeps. Und es standen da GIs, weiß- und schwarzhäutige.

Die einen hielten Wache, andere hatten die Stahlhelme abgenommen und redeten miteinander.

Kurt und Paul konnten nicht wissen, daß noch kein Friede herrschte. Sie gingen zwischen den Jeeps, Panzern und Lastwagen umher. Die wachhabenden GIs hatten ein Auge auf sie.

Einer der Männer gab Kurt und Paul etwas in die Hand und sagte ein Wort, das wie «Schokolade» klang. Die Jungen wußten nicht, wie Schokolade schmeckt, und steckten die Stücke in den Mund.

Sie hörten Musik, die sie noch nie gehört hatten. Die Musik kam aus einem Jeep. Die beiden blieben stehen und hörten zu.

Ein GI sagte zu ihnen:

«Glenn Miller.»

Ein anderer gab Paul ein flaches, silbernes Tütchen, es paßte in seine Hand.

Die Jungen liefen nach Hause. Paul zeigte der Großmutter das silberne Tütchen. Sie nahm es ihm weg, riß es vorsichtig auf und schüttete den bräunlichen pulvrigen Inhalt ins offene Herdfeuer, daß die Flamme aufschoß.

«Siehst du», sagte sie.

Ilse Hemmann kam in die Küche, nahm das aufgerissene Tütchen und las die Aufschrift.

«Ihr ..., ich weiß nicht, was ich sagen soll», sagte sie. «Das war Pulverkaffee! Und ich hab schon ewig keinen Kaffee mehr getrunken.»

Kurt und Paul liefen wieder zum Sportplatz.

Ein GI gab Kurt eine aufgerissene Packung Zigaretten.

Der las und sagte: «Lucki Strieke», und der GI lachte.

Ein anderer wickelte einen daumenlangen weißlichen Streifen aus silbernem Papier, steckte ihn sich in den Mund und kaute. Er lachte, wickelte einen zweiten Streifen aus, gab ihn Kurt und zeigte auf dessen Mund.

Kurt steckte sich den Streifen in den Mund und kaute. Am Lastwagen des GI las er ein Wort und sagte:

«Du ‹Schdudebacker›.»

Der GI schlug sich auf die Schenkel.

Paul und Kurt liefen nach Hause. Kurt gab Ilse Hemmann die Zigaretten.

Georg bat Ilse Hemmann, ihm Englisch beizubringen.

Ilse Hemmann kam auf die Idee, den amerikanischen Offizier, der auf die Beschlagnahmung des Hauses verzichtet hatte, zum Essen einzuladen, ihn und einige seiner Kameraden.

Elisabeth Kramer gefiel die Idee. Sie sagte es ihren Eltern, und die waren einverstanden.

In der US-Ortskommandantur fragte sie sich durch und fand den Offizier.

Er zögerte. Es gab die Anordnung «No Fraternisation»: «Deutschland scheint geschlagen zu sein ... Aber laß dich nicht verwirren; du bist in Feindesland ... Fraternisation heißt: sich Freunde machen, aber die Deutschen sind nicht unsere Freunde. Sie können nicht kommen und ihre Hand ausstrecken und sagen: Es tut uns leid. Es tut ihnen nicht leid, daß sie den Krieg verursacht haben, sondern daß sie ihn verloren haben.»

Schließlich sagte der Offizier zu. Er komme mit zwei Kameraden. Sie vereinbarten den Tag und die Uhrzeit. Zum Lunch.

Elisabeth Kramer:

«Was wollen wir kochen?»

Großmutter Ruttig:

«Mutzbraten.»

«Was ist das?» sagte Ilse Hemmann.

«Schweinebraten.»

Georg:

«Aber die Mutz ist ein Hase. Frau Häsin.»

«Bei uns ist es Schweinebraten», sagte die Großmutter. «Dazu gibt es Semmelklöße und Sauerkraut. Das schmeckt den Amerikanern.»

Ilse Hemmann:

«Woher sollen wir Schweinefleisch kriegen?»

Elisabeth Kramer mußte zum benachbarten Bauern gehen, bei dem Familie Ruttig seit zwanzig Jahren Fleisch kaufte.

«Nackenfleisch», sagte sie, «acht faustgroße Stücke.»

Es traf sich, daß der Bauer nach dem Einmarsch der Amerikaner geschlachtet hatte.

«Endlich ohne Genehmigung», sagte er.

«Für die Marinade habe ich alles, außer Knoblauch», sagte die Großmutter.

Das Fleisch mußte am Abend vorher mit der Marinade eingerieben werden und darin über Nacht ziehen.

Im Wohnzimmer der Großeltern Ruttig zogen Elisabeth Kramer und Ilse Hemmann den Eßtisch aus. Die Großmutter stand am Küchenherd: das marinierte Fleisch anbraten, mit Bier ablöschen, dreißig Minuten schmoren. Das Sauerkraut kochen. Elisabeth Kramer machte am Küchentisch die Semmelknödel.

Schließlich saßen am Wohnzimmertisch acht Personen: Paul und Martha Ruttig an der Stirnseite. An der einen Längsseite Ilse Hemmann, Elisabeth Kramer und Georg; an der anderen die drei Amerikaner.

Zum Essen gab es Flaschenbier.

Geredet wurde nicht viel. Ilse Hemmann dolmetschte.

Ein Amerikaner fragte sie, wo sie Englisch gelernt habe.

Sie sagte, ihr Beruf sei Sekretärin.

Nach dem Essen rauchten die Amerikaner und Ilse Hemmann Lucky Strike.

Paul Ruttig zündete sich eine Zigarre an.

Er sagte, er sei froh, daß die Amerikaner ins Vogtland gekommen seien und nicht die Russen.

Der Offizier sagte, die Alliierten hätten in Jalta vereinbart, daß Sachsen zur russischen Zone gehören solle. So werde es kommen.

Am 7. Mai 1945 wurde in Reims die bedingungslose Kapitulation der deutschen Wehrmacht unterzeichnet. Die Kapitulationserklärung wurde am 8. Mai in Berlin-Karlshorst wiederholt. Hitler hatte am 30. April Selbstmord begangen. NSDAP-Kreisleiter Hitzler im sächsischen Vogtland hatte es ihm gleichgetan.

Der Krieg war aus.

Elisabeth Kramer ging mit ihren Kindern, dem Kindermädchen Ruth und Ilse Hemmann Mitte Mai 1945 von Oberheinsdorf in die Villa nach Reichenbach zurück.

Im Juni erschienen zwei amerikanische Offiziere. Der eine sprach deutsch.

Elisabeth Kramer bat sie ins Wohnzimmer.

Der eine sagte:

«Sie wissen, daß Sachsen zur russischen Zone gehören soll. Wir ziehen Ende des Monats nach Bayern ab. Wenn Sie wollen, können wir Sie und Ihre Kinder mitnehmen. Sie packen Ihre Betten zusammen und den notwendigen Hausrat. Wir schicken einen Truck.»

Elisabeth Kramer fragte:

«Wohin?»

«Nach Hof.»

«Wo können wir dort wohnen?»

«Zunächst in einem Flüchtlingslager.»

Elisabeth Kramer dachte: Unsere Wohnung in der Villa. Der Garten. Die Eltern in Oberheinsdorf. Die Schwiegereltern. Die Möbel. Die Kleidung. Die Kinder in der Fremde.

Sie sagte:

«Das kann ich nicht.»

Der eine Amerikaner sagte:

«Nach uns kommen die Russen.»

Der andere sagte:
«It won't be fun.»
Elisabeth Kramer blieb dabei. Vielen Dank. Nein.

Am 30. Juni 1945 zogen die Amerikaner ab. Die Studebakers. Die Jeeps mit den wippenden Antennen. Mit den Benzinkanistern am Heck. Die GIs mit den runden Stahlhelmen.

Am nächsten Tag hieß es:

«Heute kommt der Russe.»

Die Russen mußten die abschüssige Straße Am Graben herunterkommen.

Georg, Kurt und Paul liefen bis zur Brücke über den Bach am Ende vom Graben.

Es kamen keine Lastwagen die Straße herunter, es kamen keine Kübelwagen. Es kamen Panjewagen, einspännige Panjewagen, bespannt mit kleinen grauen Panjepferden.

Auf halber Höhe der Straße hielten die Kutschersoldaten an, sprangen ab, zogen armdicke Baumstämme von den Wagen und schoben sie zwischen die Speichen der Hinterräder.

«Was machen die da», sagte Paul.

Georg sagte:

«Die Wagen haben keine Bremse. Die Stämme blockieren die Hinterräder.»

Die Kutscher stiegen auf und fuhren an. Die eisernen Radreifen der blockierten Hinterräder ratterten wie Schlittenkufen über das Pflaster. Sie erhitzten sich, glühten und entzündeten die hölzernen Felgen.

Am Fuß der Straße hielten die Kutscher wieder an, sprangen ab, nahmen Zinkeimer von den Wagen, liefen zum Bach, füllten die Eimer, kamen keuchend das Bachufer herauf und kippten das Wasser gegen die brennenden Wagenräder. Sie zogen die Stämme heraus, warfen sie auf die Wagen, die Eimer hinterher. Die Kutscher stiegen auf, und weiter ging es.

Die Soldaten auf den Panjewagen in erdbraunen Uniformen, auf den kahlgeschorenen Köpfen Käppis.

Auf den Panjewagen lagen Säcke mit Pferdefutter, Hafer.

Georg sagte:

«Das sind ihre Benzinkanister.»

Im Sommer 1945, nachdem die Russen sich aus dem Westen Berlins auf ihren östlichen Sektor zurückgezogen und die Westalliierten ihre Berliner Sektoren besetzt hatten, verließen die Hemmanns Reichenbach und kehrten nach Berlin zurück. Sie hatten erfahren, daß ihre Wohnung, die jetzt im britischen Sektor lag, nicht ausgebombt worden war.

Elisabeth Kramer sagte:

«Zum Abschied machen wir ein Essen.»

Was konnte das bei all dem Mangel für ein Essen sein. Elisabeth Kramer fuhr mit dem Fahrrad nach Oberheinsdorf und holte bei Meyes Karl Kartoffeln. Von ihrer Mutter bekam sie ein großes Glas Apfelmus und ein kleines Stück Margarine.

Sie sagte:

«Es gibt Kartoffelpuffer und Apfelmus.»

Sie deckte im Wohnzimmer den großen Tisch für sieben Personen.

Herr Hemmann sagte:

«Knusprige Kartoffelpuffer! Ein Kunststück!»

Die Hemmanns und Elisabeth Kramer tranken zum Essen Mosel-Riesling aus dem restlichen Vorrat von Hans Kramer. Die Kinder tranken Waldmeister-Limonade, die Elisabeth Kramer selbst zubereitet hatte.

Herr Hemmann hob sein Glas und sagte:

«Wir können Ihnen nicht genug danken für Ihre großzügige Gastfreundschaft. Daß Sie keine Miete von uns verlangt haben, ist eine große Ausnahme. Andere Leute, die evakuiert wurden, mußten ihren Gastgebern Miete zahlen. Meine Frau und ich haben uns bei Ihnen sehr wohlgefühlt.»

Elisabeth Kramer sagte:

«Sie waren unsere lieben Berliner Gäste, und alles, was ich für Sie tun konnte, war selbstverständlich.»

Nach dem Essen setzten sich Elisabeth Kramer und die Hemmanns an den Couchtisch. Sie tranken von dem Moselwein. Herr Hemmann zündete sich eine Zigarre an, Ilse Hemmann rauchte eine Zigarette.

Die Kinder verabschiedeten sich.

Herr Hemmann sagte:

«Was ist eigentlich aus Pierre geworden.»

Ilse Hemmann sagte:

«Der ist gleich nach dem Einmarsch der Amerikaner nach Frankreich abgeschwirrt.»

Herr Hemmann:

«Die Zwangsarbeiter und Kriegsgefangenen werden in ihre Heimatländer repatriiert, heißt es.»

Ilse Hemmann:

«Displaced Persons, DPs.»

Herr Hemmann:

»Die Amerikaner haben russische Kriegsgefangene unter Zwang nach Rußland befördert. Das wollte Stalin.»

Elisabeth Kramer:

«Wir haben großes Glück gehabt. Die Villa wurde nicht getroffen bei dem Bombenangriff. Die Amerikaner waren freundlich in Oberheinsdorf. Die Russen haben uns nichts getan. Wer weiß, wie es weitergeht.»

Herr Hemmann:

«Wie stellen Sie sich Ihre Zukunft hier vor mit den Kindern?»

«Ich weiß nur, daß wir erst einmal in der Villa wohnen bleiben. Um Geld mache ich mir jetzt keine Sorgen. Der Verkauf der Villa ...»

Herr Hemmann:

«Ja, Glück. Das hatten wir auch. Nach meiner Verwundung in Frankreich war ich nicht mehr ‹kriegsdienstverwendungsfähig›, wie die das genannt haben. Ich konnte wieder in meinem Beruf arbeiten. Unsere Wohnung und mein Atelier existieren noch. Wir waren bei Ihnen in Reichenbach. Und jetzt können wir wieder nach Berlin.»

Ilse Hemmann:

«Elisabeth, warst du schon einmal in Berlin?»

«Nein.»

«Wir wohnen in Charlottenburg.»

«Keine Ahnung.»

Herr Hemmann:

«In der Sybelstraße. Erste Etage. Eine schöne Wohnung. Mit einer großen Küche. Auf derselben Etage gegenüber ist meine Werkstatt. Maßschneiderei. Na ja, jetzt werde ich wohl erst einmal Sachen umarbeiten, Uniformen, und alte Stücke ausbessern.»

Ilse Hemmann:

«Du mußt uns in Berlin besuchen, Elisabeth.»

«Ich komm ja nicht weg. Die Kinder …»

Herr Hemmann:

«Aber Georg kann schon allein nach Berlin kommen.»

Am nächsten Vormittag gingen die Hemmanns zum oberen Bahnhof, Georg und Kurt mit dem Handwagen, auf dem die beiden Koffer lagen, vorneweg.

Zum Abschied schenkte Elisabeth Kramer Herrn Hemmann ein Kistchen mit 24 Zigarren aus der Zigarrenfabrik Georg Fischer im vogtländischen Schöneck.

«Die hat mein Mann gerne geraucht.»

Ilse Hemmann gab Elisabeth Kramer ein flaches Päckchen.

«Für dich, Elisabeth.»

Elisabeth Kramer öffnete das Päckchen.

«Eine Bluse! Eine seidene Bluse.»

«Aus meiner Werkstatt», sagte Herr Hemmann, «extra für Sie.»

Bald nachdem unter russischer Aufsicht die neue Reichenbacher Stadtverwaltung etabliert worden war, erschienen in Oberheinsdorf zwei städtische Genossen und ein Automechaniker in einem Werkzeugwagen. Sie beschlagnahmten gegen Quittung den BMW von Paul Ruttig. Der Mechaniker, der Benzin und Motoröl dabeihatte, betankte den Wagen, füllte Öl nach, prüfte den Luftdruck und fuhr den Wagen aus der Garage. Einer der städtischen Genossen setzte sich ans Steuer, der andere nahm neben ihm Platz. Sie fuhren los, der Mechaniker mit dem Werkzeugwagen hinterher.

Ob der neue Bürgermeister oder ein anderer Funktionär mit dem Wagen durch die Stadt fuhr – immer, wenn die Kramer-Jungen den BMW sahen, hieß es:

«Guck mal! Dem Opa sein Auto!»

Die Schulen blieben auch nach dem Einmarsch der Russen geschlossen.

Manche Eltern wollten sich damit nicht abfinden:

«Keine Schule? Dann machen wir das selber!»

Sie taten sich zusammen, engagierten ehemalige Lehrer und mieteten Unterrichtsräume.

Paul landete in einer Mathematik-Gruppe. Sie traf sich im Lehrraum der Fahrschule.

Der Lehrer, ein hagerer Pensionär, trug stets, auch an warmen Tagen, einen abgewetzten Dreiteiler.

Zu Beginn der ersten Stunde sagte er:

«Wer kann die vier Rechenarten aufsagen?»

Die Gruppe bestand aus Zweit- und Drittklässlern. Niemand meldete sich.

Der Lehrer sagte:

«Na egal. Merkt euch: Die Grundlage ist das Einmaleins. Das kleine und das große. Ihr müßt das auswendig können. Damit fangen wir heute an.»

Am 1. Oktober 1945 wurde der Unterricht an den staatlichen Schulen aufgenommen. Die Hans-Schemm-Schule hieß nun wieder Altstadtschule.

Thea kam in die dritte Klasse, Paul in die vierte.

Die alten Lehrer gab es nicht mehr.

Die sowjetische Militäradministration für Deutschland – SMAD – löste das Deutsche Rote Kreuz auf. Am 9. September 1945 ging die Villa auf die Landesverwaltung Sachsen über.

Familie Kramer durfte in der Villa wohnen bleiben. Sie bewohnte weiterhin die obere Etage und verfügte außerdem über das Dachgeschoß mit dem möblierten Turmzimmer.

In den ehemaligen Diensträumen des DRK im Erdgeschoß wohnte fortan die Familie eines früheren DRK-Mitarbeiters.

Elisabeth Kramer hatte von ihren Eltern in Oberheinsdorf erfahren, daß ihre Schwester Karla Gradl mit der kleinen Tochter Jutta Mitte Januar 1946 ins Oberheinsdorfer Elternhaus zurückgekehrt war.

Karla galt in der Familie als einfältig; sie war psychisch labil und körperlich anfällig. Sie hatte mit ihrem Mann in Roßbach bei Asch gewohnt, der westlichsten Stadt Böhmens im Vogtländischen Dreiländereck Böhmen–Bayern–Sachsen.

Ende Januar 1946 kam sie zu Besuch in die Villa.

«Elisabeth», sagte sie, «wie gut, daß du mit den Kindern noch in eurer Villa lebst!»

«Es ist nicht mehr unsere Villa, ich habe sie verkauft.»

«Aber sie ist noch eure Bleibe. Mich haben die Tschechen aus Roßbach rausgeschmissen. Ich mußte aus der Wohnung raus, mußte alles stehen und liegen lassen. Nur ein kleiner Koffer ist mir geblieben mit bißchen Wäsche und den Papieren. Das haben sie mit allen Deutschen so gemacht. ‹Los, los! Zum Bahnhof.› In Viehwagen haben sie uns gesteckt. Ich hab mich mit der Jutta nach Oberheinsdorf durchgeschlagen. Die Eltern wußten von nichts.

Als ich zu Hause ankam, hat Vater gesagt: ‹Wo kommst du denn her.› Die Mutter hat gar nichts gesagt. Hat uns ins Haus gezogen und in die warme Küche gesetzt.

Wie eine Bettlerin kam ich mir vor. Und das bin ich ja auch.»

«Wo ist denn dein Mann, der Robert?»

«Er ist gestorben.» Karla weinte. «In einem Lazarett in Österreich. Ich hab Nachricht aus Bad Gastein bekommen: An seiner Verwundung gestorben.

Aber das stimmt nicht. Ein entlassener Kriegskamerad von Robert ist nach Roßbach gekommen. Er hat gesagt:

‹Liebe Frau Gradl, der Robert hat mir im Lazarett gesagt, ich soll zu Ihnen fahren. Der Robert hat sich im Lazarett umgebracht. Hat sich aufgehängt. Kurz vor dem Einmarsch der Amerikaner. Der Robert hatte Angst, daß die Tschechen ihn lynchen.›

Er war doch in der Henlein-Partei ‹Heim ins Reich›.

Na, die Tschechen hätten ihn bestimmt eingesperrt, und er war schwer verwundet. Ob er das überlebt hätte.»

Elisabeth Kramer hatte das Bild ihres Schwagers vor Augen. Versicherungsvertreter in Roßbach. Nazi-Anhänger. Ein schwacher Mann.

Sie erinnerte sich an ein Gespräch mit ihrer Nichte Vera Wolff, der Tochter ihres ältesten Bruders Alfred. Vera hatte gesagt:

«Mein Vater war einmal allein im Kontor vom Großvater und hat gesehen, daß der Robert von jedem Geschäftsabschluß, den der Großvater in der Tschechei getätigt hatte, ein paar Prozente Provision bekam, obwohl er keinen Finger dafür rühren mußte. Der machte doch ganz was anderes. Versicherungen. Mein Vater hat später den Großvater gefragt: ‹Warum kriegt der Robert das.› Hat der Großvater gesagt: ‹Den haben wir mit unserer Karla so angeschmiert, dafür dürfen wir ihm das schon zahlen.›»

Elisabeth Kramer sagte zu Karla:

«Das ist schön, daß du wieder bei den Eltern bist.»

Karla:

«Mit fünfunddreißig Jahren!»

Elisabeth Kramer:

«Du hast eine Tochter. Und du kannst unserer Mutter helfen.»

Karla sagte:

«Das war dann alles?»

Vier hungrige Mäuler zu stopfen mit dem, was auf Lebensmittelkarten zu bekommen war, das gelang Elisabeth Kramer nicht.

Die Lebensmittelkarten waren nach Verbrauchergruppen gegliedert. Familie Kramer erhielt 1946 nur Kategorie V, die für Nichterwerbstätige und Kinder bestimmt war und «Friedhofskarte» genannt wurde.

1946 standen erwachsenen Normalverbrauchern 1550 kcal zu. Der tägliche durchschnittliche Bedarf eines Erwachsenen beträgt fast doppelt so viel, nämlich 2800 kcal.

Elisabeth Kramer blieb nichts anderes übrig, als «hamstern» zu fahren. Von hamstern konnte in Wirklichkeit nicht die Rede sein. Meist ergatterte sie nur kleinere Mengen für den Bedarf von wenigen Tagen.

Sie fuhr in benachbarte Dörfer und tauschte bei den Bauern gegen Kleidung, Schmuck, Porzellan und kleine Teppiche Kartoffeln und Getreide ein. Es hieß, die Bauern legten die Kuhställe mit Teppichen aus.

Manchmal brachte sie einen ganzen Rucksack voll Kartoffeln nach Hause, manchmal nur ein Säckchen mit zwei, drei Pfund Weizen oder Roggen. Sie mahlte mit einer alten Kaffeemühle Weizen zu Schrot und kochte Weizenschrot-Milchsuppe. Oft fehlte der Zucker. Die Kinder aßen die Suppe dennoch gern.

Kartoffeln wurden geschält und mit einer Reibe in

dünne Fäden, Zodeln, geraspelt. In Wasser aufgekocht, ergaben sie die Zodelsuppe. Die Kartoffelschalen wurden gewaschen, getrocknet und aufgebraten.

Butter und Eier bekam Elisabeth Kramer nie, aber gelegentlich eine kleine Kanne Milch.

Die Bauern in Oberheinsdorf, einst gute Nachbarn, behandelten sie abschätzig. Manche Bauern, die täglich von Hamsterer-Scharen belagert wurden, öffneten erst gar nicht das Tor.

Elisabeth Kramer schickte auch die beiden älteren Jungen, Georg und Kurt, auf Hamstertour. Sie gab ihnen Geld mit, um bei Bauern einzukaufen. Die beiden fuhren mit dem Zug bis nach Bayern. Manchmal brachten sie eine Wurst mit, manchmal kamen sie mit leeren Händen zurück.

Mitte Februar 1946 brachte Elisabeth Kramer den zwölfjährigen Kurt wieder nach Schulpforta, das jetzt eine «normale» Internatsschule war; sie hoffte, er finde dort ein geregeltes Unterkommen. Aber schon Mitte Juni kam er zurück. Das Internat konnte die Schüler nicht ernähren.

Den vierzehnjährigen Georg brachte sie Mitte Mai 1946 nach Halle an der Saale ins Internat der Frankeschen Stiftungen. Schon Anfang Juni mußte sie ihn wieder abholen; er hatte schweres Heimweh und konnte sich nicht in den Internatsbetrieb einfügen.

Die jüngeren Kinder Paul und Thea brachte sie zeitweise bei Bekannten und Verwandten unter, die sie ausreichend füttern konnten.

Seit Ende April 1946 lebten die beiden in Kirchhain, einer Stadt im Süden von Brandenburg, wohin das Kindermädchen Ruth sie gebracht hatte. Thea wurde von der Familie Endt aufgenommen, Paul kam bei der verwitweten Bäuerin Steinborn unter. Thea fühlte sich in der Endt-Familie wohl, Paul war bei Frau Steinborn meist allein.

In Kirchhain gingen sie zur Schule. Die Schule in Kirchhain war für Paul eine Qual. Die Jungen der Klasse wetteiferten, wer im Mai als erster Kniestrümpfe tragen würde. Als alle Jungen schon Kniestrümpfe trugen, hatte er noch immer lange Strümpfe an. Deshalb schimpfen sie ihn «Memme» und schlugen ihn während der Pausen auf dem Schulhof.

Mitte Juni holte Elisabeth Kramer Paul und Thea aus Kirchhain ab.

Anfang September 1946 mußte das Kindermädchen Ruth die Familie verlassen. Elisabeth Kramer konnte ihr schon lange keinen Lohn mehr zahlen.

Ruth ging nach Oberheinsdorf zurück und arbeitete im Haushalt der Oberheinsdorfer Landärztin.

Thea konnte vom Frühjahr bis zum Herbst 1947 bei Verwandten in Ebmath sein, die einen kleinen Bauernhof besaßen. Ebmath war ein Anlieger des Dreiländerecks Böhmen–Bayern–Sachsen im oberen Vogtland.

Georg mußte Thea nach Ebmath bringen. In Oelsnitz sprang ihr Koffer auf, und alle ihre Sachen landeten auf dem Bahnsteig. Die Leute glotzten neugierig.

Georg, peinlich berührt, bückte sich und sammelte die Sachen wieder in den Koffer.

Thea half ihm.

Georg, ungehalten, murmelte:

«Scheiß Koffer, Scheiß Fahrt.»

Den Sommer 1947 verbrachte auch Paul auf dem Ebmather Bauernhof. Thea ging sogar in Ebmath zur Schule.

Das Leben in Ebmath gefiel ihnen: die gutmütige Bäuerin, der schweigsame Bauer, das deftige Essen, die frische Luft, der freie Blick nach Regnitzlosau in Bayern und nach Roßbach in Böhmen.

Von der Bäuerin lernten sie das Buttern. Gebuttert wurde im kühlen Keller. Die Bäuerin schöpfte von der Kuhmilch, die im Keller gestanden hatte, den Rahm ab. Sie ließ ihn eine Weile stehen. Sie sagte:

«Der Rahm muß reif werden.»

Dann gab sie ihn in das Butterfaß. Mit dem Stempel

stampfte sie den Rahm, bis er zu fester Butter geworden war. Sie sagte:

«Der Rahm muß feste geschlagen werden.»

Thea und Paul durften den Rahm auch einmal schlagen. Übrig blieb im Butterfaß die Buttermilch, in der noch kleine Butterkügelchen schwammen.

Auf dem Bauernhof gab es einen aggressiven alten Ganter, den sich Thea und Paul nur mit einem Rechen vom Leibe halten konnten.

Am Feldrand legte Thea einen kleinen Friedhof an zur Erinnerung an den Vater.

Auf einer handtuchgroßen Fläche stampfte sie die Erde mit den Füßen glatt. Die Ränder des Rechtecks legte sie mit Kornähren aus. Mitten auf der glatten Fläche formte sie einen Grabhügel. Auf den Grabhügel legte sie einen Strauß Gänseblümchen. Sie kniete nieder, faltete die Hände und betete.

Paul sagte:

«Der nächste Regen spült alles fort.»

Im Sommer 1947 fragte ein Mann namens Ernst Erler, ob er in der Villa ein möbliertes Zimmer bekommen könne.

Der Mann, Mitte dreißig, trug einen fadenscheinigen Anzug und sprach mit rheinischem Akzent.

«Ich bin Ingenieur. Ich arbeite bei der Bahn und wohne in einer Baracke auf dem Betriebsgelände. Das habe ich satt.»

Elisabeth Kramer vermietete ihm das möblierte Turmzimmer.

Einige Wochen später sah Georg: Seine Mutter und Ernst Erler standen in der Küche am Fenster und umarmten einander.

Seit er zehn Jahre alt war, wünschte sich Paul eine Geige. An seinem zwölften Geburtstag, 1947, sollte er sie bekommen.

Elisabeth Kramer bat ihren Bruder Werner, eine 3/4-Geige, einen Bogen, eine Stimmgabel, Kolophonium, einen Geigenkasten und einen Notenständer zu kaufen.

Werner fuhr bei einer seiner Touren ins obere Vogtland nach Markneukirchen, einem Hauptort des Musikwinkels, und kaufte alles.

Paul fand schnell einen Lehrer. Karl Dämmer annoncierte in der Zeitung: GEIGENUNTERRICHT AB FÜNF JAHRE.

Elisabeth ging mit Paul zu ihm. Seine Geige nahm er mit.

Herr Dämmer sagte:

«Wie alt bist du?»

«Zwölf Jahre.»

«Ein bißchen spät, aber es geht noch. Woher stammt deine Geige?»

«Aus Markneukirchen.»

«Dann kann sie nur gut sein. Also, jede Woche eine Stunde. Übermorgen fangen wir an.»

Paul ging gern zum Unterricht. Er lernte Noten, er lernte, die Geige zu halten und den Bogen. Er lernte,

Tonleitern zu spielen und Melodien. Nur, die Geige stimmen, das konnte er lange nicht.

Herr Dämmer war ein irgendwie verrückter, unangepaßter Mann. Er behauptete, er unterrichte nach der Methode des dialektischen Materialismus. Aber er konnte nie richtig erklären, was das bedeutete.

Er sagte, der Bogenstrich müsse einer dialektischen Regel folgen. Schon während des Aufstriches nehme die Hand die Bewegung des Abstriches vorweg. Und umgekehrt.

Georg sagte zu seiner Mutter:

«Ich hab zwei Orden gefunden.»

«Wo?»

«In Vaters Schreibtisch.»

«Was hast du in Vaters Schreibtisch zu suchen.»

Georg:

«Was sind das für Orden?»

Elisabeth Kramer:

«Na, das da, das ist Vaters Kriegsverdienstkreuz. In Bronze. Und das andere ist mein Mutterkreuz.»

«Kriegsverdienstkreuz? Vater war gar nicht im Krieg.»

«Das haben auch Zivilisten gekriegt, für Verdienste in der Heimat.»

«Vater war kein Zivilist, er hatte eine Uniform.»

«Aber keine militärische.»

«Und was waren das für Verdienste?»

«Vielleicht als Ortsgruppenleiter.»

Georg:

«Und das Mutterkreuz?»

«Das gab's in Bronze, wenn man vier oder fünf Kinder geboren hatte. Für sechs oder sieben in Silber. Für acht oder mehr Kinder in Gold.»

«Und warum?»

«Je mehr Kinder, desto mehr Soldaten.»

«Hast du das Mutterkreuz getragen?»

«Nein.»

«Und Vater das Kriegsverdienstkreuz?»

«Er hat nur das Parteiabzeichen getragen. Georg, tu die Dinger wieder in den Schreibtisch. Oder besser: Ich schmeiß sie weg. Gib mal her.»

In der erzgebirgischen Kleinstadt Geyer besaß Elisabeth Kramers älteste Schwester Hilde mit ihrem Mann Max Heintze eine Fleischerei. Sie hatten eine Tochter namens Traudchen.

Nach Pauls Sommeraufenthalt 1947 in Ebmath nahmen Hilde und Max Heintze ihn für mehrere Monate in ihre Familie auf.

Hilde und Max hatten 1928 geheiratet. Sie war in ihren Zwanzigern als Angestellte in Dresden beschäftigt gewesen. Ihr erster Verehrer, Willi Fiebig, hatte in Dresden als Brückenbau-Ingenieur gearbeitet. Weil es ausgemacht gewesen war, 1928 zu heiraten, war er mit ihr nach Oberheinsdorf gefahren, um sich ihren Eltern vorzustellen. In Oberheinsdorf war er ihrem Bruder Fritz begegnet. Nach dieser Erfahrung hatte er sich von ihr getrennt. Sie war verzweifelt gewesen. Bald darauf hatte sie Max Heintze geheiratet.

Max war ein großer stämmiger Mann, selbstbewußt, laut; ein Fleischer mit Leib und Seele.

Wenn es ihre Zeit zuließ, las Hilde gerne. Sie spielte Klavier, und sie sang. Sie war leise. Geduldig und freundlich stand sie am Ladentisch. Die Kunden, zumeist Frauen, mochten sie.

Max, der ab und zu im Laden erschien, um Ware nachzufüllen, genoß den Respekt der Kundschaft. Anders als bei den Kunden, die nur zu kaufen bekamen, was ihnen auf ihren Lebensmittelkarten zustand, herrschte am Tisch der Familie kein Mangel. Dafür sorgte er.

Max aß gerne, und er aß viel. Er ermunterte seine Frau Hilde und die Tochter Traudchen, tüchtig zuzulangen. Ihm lag daran, daß auch Paul tüchtig zulangte. Er hatte sich vorgenommen, aus ihm einen richtigen Kerl zu machen, der nach seinem Aufenthalt in Geyer etwas auf den Rippen hätte.

Elisabeth Kramer hatte aus der Ortsgruppenleiter-Uniform ihres Mannes einen sportlichen Anzug schneidern lassen, den Paul gerne trug: lange Hose und Bundjacke.

Er ging in Geyer zur Schule.

Max Heintze hatte es sich nicht nehmen lassen, ihn zum Unterrichtsbeginn zur Schule zu bringen und ihn dem Klassenlehrer ans Herz zu legen. Paul sah, daß Max angesehen war und Respekt genoß. Er fühlte, daß sich die Anerkennung auf ihn übertrug. Anders als in Kirchhain war er in der Klasse geachtet.

«Der ist verwandt mit dem Fleischer!»

Nach der Schule sah Paul ihm gerne bei der Arbeit zu. Wie der das Fleisch zerteilte. Wie der Wurst machte.

Eines Tages sagte Max:

«Heute Nachmittag schlachte ich eine Ziege, und du hilfst mir dabei.»

Die Ziege war im Schlachtraum angebunden. Max trug über der Fleischerjacke eine lange Schürze. Am Gürtel hingen die Messertasche und der Wetzstahl. Er hatte weiße Gummistiefel an.

Max band die Ziege los und stellte sie in die Mitte des Schlachtraums.

Er sagte zu Paul:

«Halt die Ziege fest.»

«Wie?»

«Faß sie um Rücken und Bauch.»

Paul schlang seine Arme um die Ziege.

Max schlug ihr mit der stumpfen Seite eines Beils auf den Kopf. In diesem Moment ließ Paul die Ziege los. Sie stürzte zu Boden, stieß gurgelnde Laute aus und zuckte krampfhaft mit den Beinen. Max zog ein langes Messer aus der Messertasche und schnitt der Ziege den Hals durch.

Paul lief aus dem Schlachtraum auf den Hof.

Paul schlief in einer kleinen Mansarde, die nicht geheizt werden konnte. Sie hatte kein Fenster, nur eine Dachluke. Als der Winter gekommen war, reichte das Federbett nicht mehr aus. Traudchen legte auf das Laken eine dikke Wolldecke und wickelte Paul in die Decke ein; zuletzt deckte sie ihn mit dem Federbett zu.

Samstags mußte er in einem großen Zuber baden. Unterdessen stellte Max Heintze mit Getöse eine Dezimalwaage in die Küche. Paul stieg im Nachthemd auf die Waage, und Max wog ihn aufs Gramm genau.

Jeden Samstag sagte er zufrieden:

«Wieder zugenommen!» und trug Pauls Gewicht in ein Notizbuch ein.

Einige Tage vor Weihnachten mußte Paul nach Reichenbach zurück. Max Heintze steckte ihm ein Wurstpaket in den Rucksack. Hilde setzte ihm eine Wollmütze auf, band ihm einen Schal um den Hals und gab ihm Fäustlinge von Traudchen, die ihm etwas zu groß waren.

Bei seiner Rückkehr aus Geyer war Strolch, der Setter, nicht mehr da. Elisabeth Kramer hatte ihn zu einem Bauern nach Oberheinsdorf geben müssen, weil sie ihn nicht mehr füttern konnte. Der Bauer hatte ihn als Hofhund an die Kette gelegt. Bei Kramers war Strolch nie angekettet gewesen.

Bei der ersten besten Gelegenheit riß er sich los und lief zurück zur Villa.

Schweren Herzens mußte Elisabeth Kramer ihn wieder nach Oberheinsdorf bringen.

Am 31. August 1948 war das Land Sachsen Eigentümer der Villa geworden. Jetzt mußte sie geräumt werden.

Die Stadt Reichenbach wies der Familie Kramer eine Mietwohnung in der Bahnhofstraße 48 zu. Drei kleine Zimmer, Küche, Bad, Toilette. Dazu eine Mansarde unter dem Dach, die nicht beheizbar war.

Elisabeth Kramer hatte keine Vorstellung davon, wie mit Ernst Erler und vier Kindern in einer kleinen Dreizimmerwohnung zu wohnen wäre. Sie hatte immer in eigenen Häusern gelebt und wußte nicht, wie in einem Mietshaus das Verhältnis zu den Nachbarn aussehen würde. Sie hatte – außer vom Haus in Oberheinsdorf in die Reichenbacher Villa – noch keinen Umzug mitgemacht oder gar selbständig bewältigen müssen.

Immerhin half ihr Ernst Erler, ihr neuer Mann. Er maß die Wohnung aus, bestimmte mit ihr, welche Möbel in die Wohnung paßten, half ihr beim Packen.

Einen Tag vor dem Umzug brachte Elisabeth Kramer die Kinder zu den Großeltern in Oberheinsdorf. Die Möbel aus der Villa, die in der Wohnung nicht untergebracht werden konnten, wurden in der Durchfahrt von der Straße in den Hinterhof gelagert, zum Ärger der anderen Mieter.

Paul ging weiter in die Altstadtschule. Thea ging in die näher gelegene Weinhold-Schule. Georg und Kurt besuchten die Oberschule.

In der katholischen Kirche, die nicht weit von der Bahnhofstraße entfernt ist, gab es eine Ausgabestelle der Quäker-Speisung. Dort holten sich Paul und Thea fast jeden Tag eine Blechtasse Grießbrei oder Milchreis.

Kinderreiche Familien konnten auch im Reichenbacher Schlachthof Suppe holen.

Kurt und Paul nahmen einen großen Topf mit zwei Henkeln und wanderten zum Schlachthof. Einmal standen sie mit dem vollen Topf schon vor der Wohnungstür. Paul stolperte auf dem Fußabtreter, der Topf fiel den beiden aus den Händen, die Nudelsuppe ergoß sich über den Abtreter. Die Brühe lief ins Treppenhaus, aber die Nudeln blieben auf dem Fußabtreter liegen. Kurt und Paul schaufelten sie mit beiden Händen in den Topf.

1949 verließen Georg und Kurt die Oberschule in Reichenbach.

Georg zog zu Verwandten in Leipzig und begann eine kaufmännische Lehre.

Kurt wurde Chemiewerker-Lehrling und wohnte im Lehrlings-Wohnheim in Greiz.

Am 2. April 1950, dem Sonntag Palmarum, wurde Paul in der Peter-Paul-Kirche vor versammelter Gemeinde konfirmiert und empfing das Abendmahl.

Der Denkspruch lautete:

«Bittet, so wird euch gegeben, suchet, so werdet ihr finden, klopfet an, so wird euch aufgetan.» (Matthäus 7,7)

Zur Feier der Konfirmation hatte Elisabeth Kramer die Kramer-Großeltern Oswald und Isolde zu Kaffee und Kuchen in die Bahnhofstraße eingeladen. Auch Pauls Brüder Georg und Kurt waren gekommen. Und natürlich saß Thea im Wohnzimmer mit am Tisch.

Es war eng. Elisabeth Kramer ging hinter der Sitzreihe, in der Paul saß, mit der Kaffeekanne von Stuhl zu Stuhl, um Kaffee nachzugießen. Hinter ihm stolperte sie. Die Kanne rutschte ihr aus der Hand. Der heiße Kaffee lief ihm über den Rücken.

Paul schrie auf, die Konfirmationsfeier war geplatzt.

Er mußte sich bäuchlings auf das Sofa legen, sein Hemd wurde ihm vorsichtig ausgezogen, und sein Großvater Oswald, der einst beim Militär Sanitäter gewesen war, linderte seine Schmerzen mit kaltem Wasser.

Anfang 1950 fand Ernst Erler eine Stelle als Ingenieur im DEKA-Reifenwerk Ketschendorf bei Fürstenwalde. Eine Wohnung wurde ihm in Bad Saarow zugewiesen, das circa acht Kilometer von Ketschendorf entfernt ist.

Elisabeth Kramer zog mit Ernst Erler und Tochter Thea nach Bad Saarow. Die Reichenbacher Wohnung in der Bahnhofstraße wurde aufgegeben.

Paul sollte die achte Klasse in der Altstadtschule abschließen und blieb in Reichenbach. Er zog zu den Kramer-Großeltern Oswald und Isolde am Rosenplatz. Sie bewohnten eine kleine Dreizimmerwohnung. Paul wurde in einer Mansarde untergebracht.

Die Kramer-Großmutter Isolde hatte in der Speisekammer die Lebensmittel, die dem Großvater Oswald, ihr selbst und Paul nach den Lebensmittelkarten zustanden, separat untergebracht. Wenn Paul zwischen den gemeinsamen Mahlzeiten Hunger hatte und die Großmutter um eine Butterbemme bat, sagte sie manchmal:

«Deine Butter ist schon alle.»

Den Geigenunterricht bei Herrn Dämmer mußte Paul aufgeben, weil niemand den Unterricht bezahlte.

Während der Sommerferien fuhr er nach Bad Saarow. Als er zurückkam, waren seine Geige und seine Briefmarkensammlung aus der Mansarde verschwunden.

Paul fragte danach.

Die Großmutter Isolde sagte:

«Deine Mutter zahlt für dich keinen Unterhalt. Da mußte ich die Geige und die Briefmarken verkaufen.»

Am 23. Juli 1950 wurde Paul aus der achten Klasse

entlassen. Er fuhr mit seinen Siebensachen nach Bad Saarow und wohnte mit der Mutter, der Schwester und Ernst Erler in der Parkstraße 3.

Epilog

In ihrem achtzigsten Jahr wollte Elisabeth Kramer noch einmal die Villa sehen.

Ihr Sohn Paul fuhr mit ihr nach Reichenbach.

Am Zaun neben dem Parktor der Villa ein Schild: «Arbeiterwohlfahrt AWO Pflegeheim».

Das zweiflügelige hohe Parktor stand offen.

Paul fuhr auf der leicht geschwungenen Auffahrt, vorbei am großen Springbrunnen, bis zum Haupteingang.

Zwischen dem Haus und dem breiten Rundweg noch immer weißer Rhododendron, mittlerweile hochgewachsen bis zu den Fenstern im Hochparterre.

Elisabeth und Paul Kramer stiegen aus. Sie blieben einen Moment stehen, dann gingen sie auf den Haupteingang zu.

Ehe sie die Treppe zum Eingang erreicht hatten, trat eine Frau aus dem Haus. Sie stand auf der obersten Stufe und sagte laut:

«Was wollen Sie?»

Paul sagte:

«Wir möchten das Haus sehen.»

«Warum?»

«Es hat uns gehört, unsere Familie hat hier gewohnt.»

Die Frau sagte:

«Machen Sie Rückübertragungsansprüche geltend?»

Elisabeth Kramer sagte:

«Nein, nein. Ich habe die Villa Neunzehnhundertvierundvierzig verkauft. Wir möchten sie nur ansehen, verstehen Sie?»

«Na. Dann kommen Sie mal.»

Die Frau wartete, bis Elisabeth Kramer an Pauls Arm die fünf Stufen bewältigt hatte.

Elisabeth Kramer sagte:

«Sie sind die Heimleiterin.»

«Ja.»

Die Frau machte kehrt, öffnete die massive eichene Tür und ging voran.

Elisabeth und Paul Kramer betraten den geräumigen Windfang, wandten sich nach rechts und folgten der Heimleiterin in den ersten großen Raum der Treppenhalle. Elisabeth Kramer hielt inne, atmete schwer. Sie stieg, noch immer an Pauls Arm, die drei Stufen in die Haupthalle hinauf, Hochparterre.

Zur Heimleiterin sagte sie:

«Die Treppe ins Obergeschoß schaffe ich nicht mehr.»

Sie setzte sich auf einen Stuhl. Ihr Blick wanderte zu dem Bleiglasfenster über dem Zwischenpodest der Treppe und verweilte auf den schmiedeeisernen Rankenornamenten des Treppengeländers.

Schließlich stand sie auf.

Die Heimleiterin hatte die Türen in den einstigen Salon und das einstige Herrenzimmer geöffnet.

Elisabeth Kramer schaute in die Zimmer. Betten, Nachttische. Heimbewohner. Manche standen herum, manche lagen im Bett.

Die Heimleiterin sagte:

«Das ganze Haus ist renoviert worden.»

Elisabeth und Paul Kramer verabschiedeten sich.

2003 – das Pflegeheim war von der AWO längst aufgegeben worden – verkaufte die Stadt Reichenbach das Grundstück Heinsdorfer Straße 36 mit der Villa an die Firma Hermann Schwelling Maschinenbau (HSM), ein Familienunternehmen mit Hauptsitz in Frickingen (Baden-Württemberg). Das Unternehmen stellt Ballenpressen und Aktenvernichter her und ist in Deutschland Marktführer.

In Reichenbach entstand auf mehreren Grundstükken der Heinsdorfer Straße eine neue Produktionsstätte (Werk 2) für Ballenpressen. Das Firmengelände umfaßte hier schließlich 40 000 qm, davon circa 8500 qm Fabrikationshallen und Bürogebäude. Der letzte Ausbau der Produktionsanlagen fand 2007 statt.

Eine der Fabrikationshallen reichte bis auf wenige Meter an die Ostseite der Villa heran.

Im August 2007 hatte die Firma HSM bei der Unteren Denkmalschutzbehörde beantragt, die Villa, die unter Denkmalschutz stand, samt Einfriedung und Gartenanlagen abzureißen. Die Untere Denkmalschutzbehörde wollte dem Abbruchantrag zustimmen, aber das Landesamt für Denkmalpflege lehnte den Antrag ab. Der Vorgang wurde deshalb an das damalige Regierungspräsidium Chemnitz abgegeben.

Die Firma HSM mußte eine Berechnung der Wirtschaftlichkeit und eine Erklärung über die versuchte Einbeziehung der Villa in den Industriestandort nachreichen.

Im April 2008 genehmigte das Regierungspräsidium Chemnitz unter bestimmten Auflagen den Abbruch.

Die Landesdirektion Sachsen erklärte die Genehmigung folgendermaßen:

«Rechtsgrundlage für die damalige Abbruchgenehmigung war § 12 Absatz 1 Nr. 5 in Verbindung mit § 4 Absatz 2 des Sächsischen Denkmalschutzgesetzes.

§ 12 Absatz 1 Nr. 5 lautet: ‹Ein Kulturdenkmal darf nur mit Genehmigung der Denkmalschutzbehörde zerstört oder beseitigt werden.›

§ 4 Absatz 2 lautet: ‹Die Untere Denkmalschutzbehörde entscheidet im Einvernehmen mit der zuständigen Fachbehörde. Kommt kein Einvernehmen zustande, so entscheidet die Obere Denkmalschutzbehörde.›

Auf dieser Rechtsgrundlage hat das seinerzeit zuständige Regierungspräsidium Chemnitz im Benehmen mit dem Landesamt für Denkmalpflege dem Abriss zugestimmt.

Im Rahmen der vorzunehmenden Abwägung wurde insbesondere berücksichtigt, dass sich die Villa innerhalb des Betriebsgeländes eines expandierenden Unternehmens befand und eine technologische Integration der Villa in die Betriebsabläufe des Produktionsunternehmens nicht möglich war. Die Villa befand sich zum damaligen Zeitpunkt, bei bereits grundlegend veränderter Umgebung, im einzig verbliebenen Erweiterungsbereich des Produktionsstandortes.

In den mit der Abrissgenehmigung verbundenen Nebenbestimmungen wurde insbesondere bestimmt, dass eine umfassende photogrammetrische Erfassung der Villa zur zumindest bildhaften Erhaltung für die Nachwelt zu fertigen war. Darüber hinaus wurde verfügt, dass einzelne hochwertige Gebäudeteile […] für den Einbau in andere Baudenkmale des Vogtlandes zu bergen waren.»

Die Untere Denkmalschutzbehörde nannte:

Stuckdecken,
Innentüren,
Fenster,
Bleiglasfenster,
Geländer,
Dielen,
Parkett,
Natursteinstufen
und Fußböden